AF220754

Doppelte Fährte

Günther Tabery

Bibliografische Information der Deutschen Nationalbibliothek:

Die Deutsche Nationalbibliothek verzeichnet diese Publikation in der Deutschen Nationalbibliografie; detaillierte bibliografische Daten sind im Internet über: http://dnb.dnb.de abrufbar.

Herstellung und Verlag:

BoD – Books on Demand, Norderstedt

ISBN: 978-3-7528-2129-1

1

Martin schlenderte die Hauptstraße entlang und blickte neugierig in die weihnachtlich geschmückten Schaufenster. Er war schon oft in Heidelberg gewesen, aber dieses Mal rührte ihn die Szenerie besonders an. Es waren warme Kindheitserinnerungen, die ihm in den Sinn kamen, als er in die hell erleuchtenden Auslagen sah. Glückliche und ungetrübte Tage waren es gewesen, als er als kleiner Junge von Weihnachten träumte. In voller Vorfreude auf die vielen kleinen Geschenke mit dem Duft der Zimtsterne in der Nase, die seine Mutter so gut backen konnte. Ihn durchzog ein warmes Gefühl der Geborgenheit, das er früher oft erlebt hatte. Er dachte voller Liebe an seine Mutter, die letztes Jahr verstorben war. Ihr zu Ehren zündete er eine Kerze in der Heiliggeistkirche an und betete ein „Gegrüßet seist du Maria". Weihnachten war immer etwas außergewöhnlich Schönes und dafür war er seinen Eltern dankbar. Auch dieses Jahr waren die Festtage besonders wichtig für Martin, denn am zweiten Weihnachtstag hatten Veronika und er ihren fünften Jahrestag. Veronika, die in den letzten Jahren zur wichtigsten Person in seinem Leben geworden war. Nun wollte er ein passendes Geschenk für sie finden. Er promenierte die Fußgängerzone entlang, im Gleichschritt mit den unzähligen Menschen, die ebenso auf der Suche nach Geschenken waren. Hier und da blieb er vor einem Schaufenster stehen, wenn ihm etwas in die Augen stach, aber nichts war bisher das Richtige gewesen. Dabei interessierten ihn die kleinen, urigen Läden mehr, in denen man oft seltene Kostbarkeiten finden konnte, als die großen Kaufhausketten, die es ohnedies in fast allen großen Städten zu finden gab. Als er am Karlsplatz angekommen war, wurde er von einem jungen, gutaussehenden Paar angesprochen. Sie mochte vielleicht Ende zwanzig sein, hatte blonde, kinnlange Haare und war dezent und stilvoll geschminkt. Er war nur unwesentlich älter mit einem charmanten, offenen Lächeln. Ihre Kleidung war dynamisch und sportlich.

„Hast du eventuell fünf Minuten Zeit?", eröffnete die Frau und lächelte Martin freundlich an. „Du bist bestimmt auch auf Geschenksuche?"

Martin war etwas überrascht von der direkten Ansprache, blieb aber sofort neugierig stehen.

„Kommst du aus Heidelberg?"

„Nein, ich komme aus Bruchsal und bin nur zum Einkaufen hier", antwortete Martin wahrheitsgetreu.

„Ah ja, da ist Heidelberg das Richtige. Hier in der Altstadt kann man sehr schöne Geschenke finden." Wieder lächelte sie Martin an. „Ich bin übrigens aus Forst, das ist ja gleich um die Ecke von Bruchsal. Das ist ja ein Zufall! In Bruchsal bin ich regelmäßig. Die Stadt gefällt mir auch sehr gut. Und, hast du schon etwas Passendes gefunden?"

„Nein, noch nicht." Er zuckte leicht mit dem Kopf.

„Na, dann haben wir hier vielleicht das Richtige für dich." Sie hielt einen Stapel Karten in der Hand, die sie Martin präsentierte. „Wenn du magst, dann kannst du eine Karte ziehen. Es ist ein Gewinnspiel. Vielleicht hast du ja Glück?"

Automatisch griff Martin zu und zog ein Los. Auf der einen Seite der Karte waren drei Felder gekennzeichnet.

„Jetzt musst du die drei Felder aufrubbeln. Dann werden wir sehen, was du gewonnen hast." Sie griff in ihre Tasche, nahm ein Fünf-Cent-Stück heraus und reichte es ihm. Martins Augen weiteten sich, nachdem er sah, was auf den drei Feldern abgebildet war. „Was ist, wenn dreimal eine Sonne zu sehen ist?" Wieder zuckte er leicht mit dem Kopf.

Die Frau wirkte erstaunt: „Aber das kann nicht sein. Du hast bestimmt keine drei Sonnen auf der Gewinnkarte." Ungläubig und kopfschüttelnd nahm sie seine Karte in die Hand. Sie holte tief Luft und rief freudig ihrem Kollegen zu: „Rainer, schau mal, das kann nicht wahr sein. Dieser Mann hat unheimliches Glück!" Sie wandte sich wieder an Martin: „Das ist der Tagesgewinn! Drei

Sonnen bedeuten, dass du einen unserer Hauptpreise gewonnen hast. Diese Karte gibt es nur einmal am Tag. Das ist ja unglaublich!" Sie zückte einen Kugelschreiber und drehte die Gewinnkarte um. „Schau her. Du hast hundertprozentig einen der folgenden Gewinne gewonnen." Um ihre Aussage zu festigen, schrieb sie die Zahl Hundert mit dem Prozentzeichen auf die Karte. „Entweder hast du ein Handy gewonnen oder eine Digitalkamera oder 350 € in bar. Das ist der Hauptgewinn."

Martin konnte es kaum fassen. Er hatte wirklich Glück gehabt. Vielleicht konnte er somit Veronika eine zusätzliche Freude machen.

Sie wiederholte das Gesagte nochmals und fuhr fort: „Das einzige, was du tun musst, ist, in das Hotel `Svenson-Wellness-Palace´ zu gehen, dort eine Führung durch das Hotel mitzumachen und dir anschließend deinen Preis abzuholen. Das dauert nur eineinhalb Stunden. Und dann bekommst du hundertprozentig den Preis." Dabei tippte sie wieder auf die Karte. „Welchen der drei Preise du bekommst, erfährst du erst dort. Denn anschließend nach der Führung wird dieses kleine Feld aufgerubbelt, worauf entweder A, B oder C steht. Das entscheidet dann, welchen Preis du bekommst." Sie strahlte ihn an.

Martin zögerte. „Ja, ich weiß nicht so recht." Er war etwas ungläubig, aber gleichzeitig freudig erregt, durch die Aussicht auf den fest zugesagten Gewinn.

„Ach, du hast doch bestimmt Zeit und gerade nichts weiter vor, oder?" Sie berührte ihn am Arm.

Sein linkes Auge zwinkerte etwas. Zögernd fragte er: „Ja, und wo ist dieses Hotel?"

„Das Hotel ist gleich hier um die Ecke in Dilsberg, oberhalb von Heidelberg."

Martin wirkte erschrocken. Doch bevor er etwas dazu sagen konnte, fuhr sie fort: „Aber da musst du dir keine Sorgen machen. Wir fahren dich kostenfrei dorthin und auch wieder zurück."

„Ich weiß nicht so recht. Aber das ist ja wirklich ein Glück, nicht?", stammelte Martin.

„Ja richtig. Also willst du den Preis haben? Du musst mindestens fünfunddreißig Jahre alt sein. Aber das bist du ja." Wieder lachte sie ihn an. „Also steht dem nichts entgegen!"

„Also gut." Martin stimmte in das Lachen ein.

Die Frau wandte sich an ihren Kollegen, der innerhalb weniger Augenblicke ein Auto herwinkte. Ehe Martin sich versah, saß er darin. Nach einer kurzen und hektischen Verabschiedung fuhr er los in Richtung Dilsberg. Nach einem Moment der Leere, in dem Martin die Häuser vorbei ziehen sah und keinen klaren Gedanken fassen konnte, besann er sich und dachte über die vorangegangenen fünf Minuten nach. Unfassbar, dass er jetzt in diesem Auto saß! Wenn ihm das jemand zuvor gesagt hätte, hätte er den Kopf geschüttelt und gemeint, dass ihm das bestimmt nie passieren würde. Ein heftiges Kopfzucken zeigte seine Erregung. Auf so eine Hauruck-Aktion einzugehen, das ist doch sehr leichtsinnig und auch gefährlich. Er bekam ein beklemmendes Gefühl. Er saß in einem fremden Auto und wusste nicht wirklich, wohin die Fahrt ging. Was, wenn es hier nicht mit rechten Dingen zuginge? Was, wenn es sich um kriminelle Menschen handeln würde? Schon öfter hatte er von Entführungen gehört, bei denen unschuldige Menschen gekidnappt wurden. Ihn schauderte. Am liebsten würde er dem Fahrer sagen, dass dieser umgehend umkehren solle. Nachdem er tief durchgeatmet hatte, beruhigte er sich. Er beschloss den Fahrer anzusprechen, um sich zu vergewissern, dass dies eine reale Fahrt in das besagte Wellness-Hotel war. Der Fahrer war Anfang zwanzig, schätzte Martin und wider Erwarten sprach er ihm gut zu. Alles sei echt und wirklich und er hätte nichts zu befürchten. „Kein Problem", sagte dieser, er würde unbeschadet wieder zurück zum Karlsplatz gefahren werden. Martin schluckte und beschloss seine negativen Gedanken für diesen Moment zu unterdrücken und trotz unterschwelliger Angst, positiv dem, was geschehen sollte, entgegen zu sehen. Auf jeden Fall würde er vorsichtig sein und nichts unterschreiben.

Nach einer fünfzehnminütigen Fahrt las er das Ortsschild: „Dilsberg". Das Dorf, das einen friedlichen und beschaulichen Eindruck machte, lag auf einem kleinen Berg, oberhalb von Neckargemünd. Ungläubig fragte er sich, wo hier wohl ein großes Hotel sein sollte? Dann fuhr das Auto wieder hinaus aus dem Dorf, in einen Wald hinein. Nach ein paar hundert Metern Fahrt öffnete sich der Wald und zum Vorschein kam ein riesiges und beeindruckendes, vierstöckiges Gebäude mit der Aufschrift: Svenson-Wellness-Palace-Hotel. Es hatte eine Fassade aus hellgrauem Granit und Glas, die mit weihnachtlichem Schmuck und Lichterketten verziert war. Es gab mehrere Balkone und großzügige Fensterfronten. Der Eingangsbereich war offen gestaltet mit einer breiten fünfstufigen Treppe und einer schwingenden Drehtür. Rechts schloss sich ein Golfplatz an, der im Sommer bespielt werden konnte. Zur Linken sah man ein Schwimmbecken, das wohl beheizt war und einige ältere Gäste beherbergte. Also stimmte es, Martin wurde tatsächlich zu diesem Hotel gefahren.

Kaum angekommen, kam ihm eine Hostess entgegen, die ihm die Autotür aufmachte. Sie war tadellos gekleidet mit einem streng zurück gekämmten Haarknoten. Nach einer förmlichen Begrüßung sollte Martin seine Gewinnkarte zeigen. Anschließend führte sie ihn in die Halle des Hotels. Dort musste er einen Augenblick warten. Nachdem er sich auf eine weiße Chaiselongue gesetzt hatte, blickte er sich um. Der Raum wirkte sauber und aufgeräumt. Das Inventar machte einen teuren und ausgewählten Eindruck auf ihn. Eine freundlich aussehende Frau mit langen, gewellten Haaren und üppiger Figur kam ihm entgegen.

„Herzlich willkommen bei uns im Svenson-Wellness-Palace-Hotel." Sie reichte ihm die Hand. „Ich bin Ute und werde dir erklären, warum du hier bist und was du hier zu tun hast. Und du bist der Herr?"

Martin wollte auf keinen Fall seine echte Identität preisgeben. Spontan gab er den Namen `Peter Müller´ an. Sie schrieb den Namen auf ein Formular. „Und von Beruf bist du?"

Wieder log Martin die Frau an und gab `Lehrer´ als Beruf an. Diesen notierte sie mit einem breiten Lächeln. Martin war innerlich sehr angespannt. Er fühlte sich beobachtet. Seine Tics verschwanden augenblicklich, sodass er nach außen hin vollkommen ruhig aussah.

„Peter, du bist hier zu uns gekommen, weil du bei einer Auslosung einen Preis gewonnen hast. Diesen Preis wirst du tatsächlich auch von uns bekommen. Ich muss allerdings sagen, dass das Handy kein Smartphone ist, sondern ein einfaches Klapphandy, ja? Die Digitalkamera ist ein einfaches Modell von Nikon, doch an den 350 Euro in bar wird es keine Änderungen geben. Das einzige, was du tun musst, ist ausführlich unser schönes Hotel anzuschauen und dich mit einem unserer Mitarbeiter darüber zu unterhalten."

Martin nickte.

„So weit so gut. Und willst du unser Hotel anschauen?"

Ungläubig nickte Martin abermals. Er dachte dabei an den Gewinn.

„Ok, dann hole ich jetzt einen unserer Mitarbeiter." Sie lächelte ihn an und verschwand gleich darauf hinter der Rezeption. Einige Momente später kam ein glatzköpfiger Mann mit weißem Hemd und einem strahlenden Lächeln auf Martin zu.

„Du bist Lehrer? Ha, wir haben hier schon einige Lehrer, das ist ja ein Zufall!"

Gezwungen lächelte Martin. Der Mann setzte sich ihm gegenüber. „In welcher Schule bist du denn?"

Martin überlegte. Blitzschnell antwortete er: „Ich unterrichte an einem Gymnasium in Karlsruhe."

„Ah, Studienrat. Sehr gut." Der Mann grinste, sodass seine Zähne blitzten. „Lehrer müsste man sein. Gut. Also Peter, du bist hier, weil du unser Hotel kennen lernen willst."

„Naja, ich habe an dieser Verlosung teilgenommen. Ich würde nicht sagen, dass ich vorgehabt habe, dieses Hotel aufzusuchen."

Nach einer kurzen Pause fragte der Mann unvermittelt: „Fühlst du dich nicht wohl?" Martin stockte einen kurzen Moment. „Du schaust etwas angespannt aus. Wie du dasitzt. Du bist doch freiwillig hier her gekommen?"

Martin änderte seine Sitzposition und begann langsam und vorsichtig: „Ich finde es ehrlich gesagt komisch, dass ich als Passant angesprochen und auf diesem Weg beworben wurde. Wenn ich Urlaub machen möchte, sagen wir im Caruso-Club, das ist ja vielleicht ein vergleichbares Hotel, dann kann ich mich einfach dort einbuchen."

„Ja, aber du kannst uns doch nicht mit dem Caruso-Club vergleichen!" Der Mann zuckte mit den Schultern. „Wir haben keine Ferien, du zahlst bei uns immer genau gleichviel, das ganze Jahr hindurch. Ob du im Januar oder im August zu uns kommst. Außerdem suchen wir uns die Gäste aus und nicht umgekehrt. Jeder Gast, der bei uns Urlaub macht, ist von uns persönlich ausgesucht." Wieder blitzten seine weißen Zähne. „Nein, uns kann man nicht mit anderen Hotels vergleichen. Unser kleinstes Zimmer ist fünfundsiebzig Quadratmeter groß. Die größte Suite ist einhundertachtzig Quadratmeter groß und verfügt über sechs Räume. Wir haben hier Saunen, Pools, einen Golfplatz und ein Wellnessangebot, das unvergleichbar ist." Der Mann kam ins Schwärmen.

Martin fühlte sich unwohl. Er dachte an sein kleines Gehalt als Fotograf und daran, was es wohl kosten würde, in so einem Luxushotel Urlaub zu machen. Er würde am liebsten sofort aufstehen und gehen. Aber wie sollte er dies sagen? Würden sie ihn dann wieder kostenfrei zurückfahren? Er wurde aus seinen Gedanken gerissen: „Wie viel hast du denn für deinen letzten Urlaub bezahlt?"

Martin wollte auf keinen Fall über finanzielle Dinge sprechen. Er rutschte auf seinem Stuhl herum und gab eine ausweichende Antwort: „Ach, ich weiß es nicht mehr so genau."

Der Mann sah ihn mit einem sonderbaren Gesichtsausdruck an, stand plötzlich auf und sagte schroff: „Moment, ich komme gleich wieder:"

Im Hinausgehen hörte Martin die Wörter „Geld" und „Ich kann so nicht arbeiten". Der Mann schien aufgebracht zu sein. Martin war sich sicher, dass er keinen Moment länger hier bleiben wollte. Heftig zuckte wieder sein Kopf. Sowie der Mann zurückkam, wollte er ihm sagen, dass er doch lieber auf die Führung verzichten wolle. Schnellen Schrittes kam der Mann zurück. Noch bevor dieser ansetzten konnte, etwas zu sagen, kam ihm Martin zuvor: „Ich würde doch lieber gehen, wenn das kein Problem macht."

„Ja, ich denke das ist das Beste. Ich kann so nicht arbeiten. Wenn du hier nicht sein willst, verstehe ich nicht, wieso du überhaupt gekommen bist. Da kann ich meine Zeit sinnvoller verbringen."

Kurz gab er Martin seine Hand und zeigte ihm den Weg nach draußen. Tatsächlich stand da wieder ein Auto, in das Martin einsteigen durfte. Der Mann erklärte dem Fahrer, wohin er Martin zu bringen hatte. Dieser startete den Wagen und fuhr gleich los. Martin atmete tief durch. Entspannt zuckte er mehrmals mit seinem Kopf und blinzelte mit seinem linken Auge. Diesmal war es ein anderer Fahrer. Vielleicht Mitte Vierzig schätzte Martin. Der Fahrer beobachtete Martin neugierig im Rückspiegel. Es war unfassbar, in was Martin hineingeraten war. Auf so einen faulen Trick hereinzufallen mit diesen Losen. Sicher war sein

Gewinn nicht der einzige Tagesgewinn, überlegte er. Er vermutete, dass mindestens jedes zweite Los ein Hauptgewinn war. „Oh, nein. Schau mal Rainer, er hat den Hauptgewinn! Das kann doch nicht möglich sein!", erinnerte sich Martin und lachte bitter. Und dann diese Duzerei in dem Hotel. Das war im Grunde sehr unhöflich gewesen. Sie hatten seine Privatsphäre verletzt. Irgendwie hatte die ganze Geschichte seiner Meinung nach etwas von einer Sekte. Diese herausgeputzten Frauen und Männer. Alles war sehr rein und nobel und im Grunde klang es eher nach Gehirnwäsche, was dort veranstaltet wurde. Nein, seine wahren Vermögensverhältnisse wollte er auf keinen Fall preisgeben und erklären, wie viel er für einen Urlaub ausgeben würde. Der Mann hätte dann sicher eine Rechnung aufgemacht und versucht, Martin etwas Krummes anzudrehen. Als ob es sein Wunsch gewesen wäre sich dieses Hotel anzuschauen. Fast schon beleidigt war der Mann, dass Martin kein Interesse gezeigt hatte. Das war ein unmögliches Verhalten!

Das Auto fuhr in die Innenstadt von Heidelberg. In wenigen Minuten mussten sie wieder am Karlsplatz sein. Sie bogen in die Karlstraße ein. Martin schaute gedankenversunken aus dem Fenster und ärgerte sich über seine eigene Dummheit. Plötzlich verließ das Auto die rechte Fahrspur und steuerte augenblicklich auf die an der Gegenfahrbahn parkenden Autos zu. Martin schrie den Fahrer an und das Adrenalin stieg in seinem Körper empor. Aber der Fahrer reagierte nicht. Martin, der hinter dem Beifahrersitz saß, rüttelte ihn, doch nichts geschah. Das Auto raste ungebremst in die parkenden Autos am Straßenrand. Martins Augen waren weit aufgerissen, dann wurde es schwarz und still um ihn.

2

„Er kommt zu sich", hörte Martin eine weit entfernte Stimme. Er erkannte sie. Veronika beugte sich über ihn und hielt seine rechte Hand. Sogleich waren eine Krankenschwester und ein Arzt zur Stelle. Martin kam langsam wieder zu sich und erkannte seine Umgebung. Er lag im Universitätsklinikum Heidelberg in der Notaufnahme. Er verspürte ein Stechen im Kopf. Seine rechte Schulter war verbunden und sein Körper fühlte sich matt an. Er konnte sich nur schwer bewegen.

„Was ist passiert?", flüsterte er mit schwacher Stimme.

„Du hattest einen Autounfall."

Martin stöhnte.

„Aber du hattest Glück im Unglück. Am Kopf hast du eine Platzwunde und du hast mehrere Prellungen und

Schürfwunden an Schulter und Armen. Die Wunden wurden bereits versorgt."

Sie streichelte ihm über den Kopf. Martin blickte ihr in die Augen. „Ich habe unheimliche Kopfschmerzen."

„Du musst auch hier über Nacht zur Überwachung bleiben. Wahrscheinlich hast du eine Gehirnerschütterung. Wenn es dir morgen besser geht, dann darfst du nach Hause gehen."

„Aber was ist passiert?" Martin konnte sich im Moment nicht an das Vorangegangene erinnern.

„Später wirst du dich wieder erinnern und dann kannst du mir alles erzählen. Das ist jetzt nicht so wichtig, ruh dich erst einmal aus."

Er schloss die Augen und fiel in einen tiefen Schlaf.

Am nächsten Morgen saß Veronika bereits neben ihm am Bett. Er öffnete die Augen und blickte sich um. Offenbar teilte er sich das Krankenzimmer mit zwei weiteren Patienten.

„Armin und Daniel sind gerade in der Cafeteria. Sie haben Besuch." Veronika nahm seine Hand. „Und wie geht es dir heute?"

„Ich weiß nicht. Ich denke, mir geht es etwas besser."

„Hast du noch starke Kopfschmerzen?"

Martin fühlte in sich hinein: „Nein, ich habe fast keine Schmerzen. Außer die Schulter, die tut sehr weh, wenn ich mich bewege."

„Das ist gut. Wenn du keinen starken Schwindel hast, dann nehme ich dich heute vielleicht schon mit nach Hause, wenn sie dich entlassen. Im Fotostudio habe ich dich erst einmal krank gemeldet. Alle sind sehr schockiert."

Nach einer Pause fragte sie: „Kannst du dich wieder erinnern, was gestern Abend geschah?"

Martin blickte an die Decke. Ihm kamen Bilder in den Sinn: Er sah Ute vor sich und den aalglatten Verkäufer und die drei Sonnen. Ein bedrückendes Gefühl überkam ihn. Die schnell näher kommenden Autos und dann der laute Knall und die schwarze Leere. Das Gefühl der Ohnmacht. Ja, er erinnerte sich an den gestrigen Abend. Die Bilder wurden immer klarer.

„Ich hatte einen Unfall. Ich saß hinten im Wagen. Was, was ist mit dem Fahrer geschehen?"

„Das weiß ich nicht. Ich wurde informiert, dass du einen Unfall hattest und bin direkt in das Krankenhaus gekommen."

„Hast du dein Handy dabei?", wollte Martin wissen.

„Aber natürlich."

„Dann schau bitte im Polizeiticker nach, ob der Unfall gestern gemeldet wurde, ja?"

Veronika rief die Seite mit den Heidelberger Polizeinachrichten auf. Und tatsächlich gab es einen Eintrag am gestrigen Abend. Sie las: „Es ereignete sich um 18.43 Uhr ein tödlicher Unfall in der Heidelberger Innenstadt. Ein Wagen kam von der Fahrbahn ab und rammte gegenüber parkende Autos. Der Fahrer war sofort tot. Der Beifahrer überlebte mit leichten Verletzungen. Die Unfallursache ist noch ungeklärt." Veronika sah Martin entsetzt an.

„Oh", seufzte Martin. Er zuckte kurz mit seinem Kopf, stieß dabei aber einen schmerzlichen Laut aus. Beide schwiegen für einen Augenblick. Dann fragte Veronika schließlich: „Willst du mir erzählen, warum du gestern in diesem Auto mitgefahren bist?"

Martin erzählte in allen Einzelheiten von dem Paar, das ihn am Karlsplatz angesprochen hatte, über die Erlebnisse in dem Hotel und seinen Gefühlen, die ihn dort überkommen hatten. Veronika hörte ihm konzentriert zu. „Das ist ja eine Unverschämtheit", resümierte sie. „Ist so eine Masche denn legal? Menschen auf offener Straße anzusprechen und unter falschen Versprechungen in ein Hotel zu locken?"

„Nicht falsch. Den Preis hätte ich sicher bekommen."

„Ja, ein veraltetes Klapphandy. Würde mich nicht wundern, wenn sie dadurch versuchten, Kontakt zu dir aufzunehmen."

„Ja, unfassbar." Nach einer Pause bat er Veronika: „Du, ich würde gerne auf die Beerdigung von diesem Mann gehen, der mit mir im Auto verstorben ist. Könntest du bei der Polizei anrufen und um die Kontaktdaten bitten? Ich weiß noch nicht einmal, wie er hieß."

„Aber gerne, das mache ich gleich morgen früh. Bitte ruhe dich jetzt aus. Es ist wichtig, dass du wieder zu Kräften kommst."

Martin schloss die Augen. Veronika hielt seine Hand und blieb die ganze Zeit bei ihm.

Am Nachmittag öffnete sich die Tür zum Krankenzimmer und zwei Streifenpolizisten kamen herein. Sie baten Armin und Daniel kurz draußen zu warten, da sie Martin einige Fragen zum gestrigen Unfall stellen wollten. Veronika durfte bei Martin am Bett sitzen bleiben. Nachdem die Personalien von Martin aufgenommen wurden, stellten die Polizisten sicher, dass es zuvor keine Verbindung zwischen Martin und dem Fahrer gegeben hatte. Beide waren sich zuvor noch nie begegnet. Martin beschrieb genau, wie er in das Hotel eingeladen wurde und weshalb er überhaupt mit in diesem Auto saß. Ganz wichtig waren Martins Schilderungen von der Fahrt vom Hotel in die Innenstadt von Heidelberg. Dabei sollte er in allen Einzelheiten erzählen, wie sich der Fahrer benommen hatte. Ob er etwas Auffälliges in seinem Verhalten bemerkt und ob er etwas Besonderes gesagt oder getan hatte. Aber Martin war nichts weiter aufgefallen. Der Fahrer machte einen gesunden und ruhigen Eindruck. Vielleicht dachte Martin, könnte der Fahrer etwas gestresst gewesen sein, man hätte das vielleicht in seinem Gesicht sehen können, aber mit hundertprozentiger Sicherheit könne er das nicht sagen. Die Polizisten bedankten sich bei Martin, wünschten gute Besserung und verließen den Raum. Veronika ging mit ihnen hinaus. Draußen bat sie die Polizisten nach dem Namen des Verunglückten oder ob sie wüssten, wann seine Beerdigung stattfinden würde. Sie erklärte ihnen, dass es für Martin wichtig wäre, an der Beisetzung teilnehmen zu können. Sie verwiesen Veronika an das Polizeirevier Heidelberg. Alles Weitere würden sie dort erfahren.

Die Beerdigung fand eineinhalb Wochen später statt, nachdem die Leiche von der Kriminalpolizei Heidelberg freigegeben wurde. Es waren nur wenige Menschen auf

23

dem kleinen Leimener Friedhof zusammen gekommen, um dem Toten die letzte Ehre zu erweisen. Martin und Veronika standen abseits bei den älteren Frauen und Männer, die wahrscheinlich bei vielen örtlichen Beerdigungen Anteil nahmen und nicht zum näheren Familienumfeld dazu gehörten. Von seinem Platz aus sah Martin zu den Trauernden hinüber. Er sah in der Mitte eine ältere Frau, sie mochte zwischen siebzig und achtzig Jahre alt sein. Vielleicht war sie seine Mutter. Daneben standen ein Mann im mittleren Alter, seine Frau und zwei kleine Mädchen. Diese vier Menschen waren offenbar der Familienkern gewesen. Andere Angehörige gab es nicht. In den hinteren Reihen waren wohl seine Freunde und Bekannten. Eine traurige Szene, dachte Martin. Michael Hainsberger hatte offenbar keine große Familie und nur wenige Freunde gehabt. Auch vom Hotel war Martins Ansicht nach niemand da. Der Pfarrer hielt in der Grabkapelle die Andacht. Zwei Ministranten trugen Weihrauch und Schiffchen. Mit dem Lied: „So nimm denn meine Hände", wurde die Prozession zum Grab begleitet. Dort angekommen weihte der Pfarrer das Grab und den Toten und sprach die abschließenden Worte, nahm eine Schaufel und schüttete eine Schippe Erde ins Grab: „Staub zu Staub und Asche zu Asche. Aus der Erde bist du gekommen, zur Erde wirst du wieder zurückkehren." Die Glocken läuteten. Anschließend durften alle Angehörigen und

Mittrauernden eine Schippe Erde ins Grab streuen und Abschied vom Toten nehmen. Der Familie wurde kondoliert. Veronika und Martin hielten Abstand und beobachteten die Gruppe. Dann trafen sich die Blicke von Martin und einer älteren, trauernden Frau. Sie kam langsam zu den beiden hinüber gelaufen. Als sie vor Martin stand fragte sie mit matter Stimme: „Sie sind der Mann, der mit Michael in dem Auto saß?"

„Ja, das stimmt."

„Ich habe Sie an Ihren Verletzungen erkannt. Ich bitte Sie, kommen Sie mit zu unserem Leichenschmaus. Sie und ihre Frau sind herzlich eingeladen."

Martin und Veronika bedankten sich und nahmen die Einladung an.

Nach dem Seelenamt, das in der örtlichen katholischen Kirche abgehalten wurde, trafen sich alle in einem kleinen Nebenraum im Restaurant Sternenhöhe in Leimen.

Es gab Butterkuchen, Gebäck, Kaffee und Tee.

„Ich möchte Ihnen mein herzliches Beileid aussprechen", begann Martin mit gedämpfter Stimme.

Frau Hainsberger bedankte sich. Ihre Augen blickten matt in die Martins. Dann schüttelte sie langsam den Kopf. „Es war kein Unfall, so wie wir alle dachten."

Martin verstand nicht, was sie ihm damit sagen wollte. Er nickte langsam und gab ihr zu verstehen, dass sie ihm weiter berichten solle.

„Aber ich wusste ja nicht, dass er Drogen nahm! Nein, das wusste ich nicht. Es ist so traurig."

In Martins Kopf blitzte es unaufhörlich. Sein linkes Auge zuckte heftig. Hatte er eben richtig gehört: Drogen? Hatte der Mann Drogen genommen? Aber das war ihm gar nicht aufgefallen. Nichts deutete darauf hin, dass der Mann nicht klar war im Verhalten und Denken. Er blickte Veronika an. Daraufhin fragte er: „Sagen Sie, Frau Hainsberger, was für Drogen sollte Ihr Sohn denn genommen haben?"

„Ich weiß nicht mehr, wie sie heißen. Ich glaube es war irgendetwas mit „Ekstase". Sie wurde bei der Obduktion in seinem Blut gefunden. Ich kann es nicht glauben. Das passte so ganz und gar nicht zu ihm. Er war ein vernünftiger und ehrlicher Junge. Gewissenhaft behandelte er immer sich und andere. Nein, das ist für mich ganz unvorstellbar. Aber es muss ja so gewesen sein, denn sie haben es ja herausgefunden."

Da kam der Mann mittleren Alters zu der Gruppe dazu. „Tante Edelgard, möchtest du noch eine Tasse Tee?"

„Nein danke Rudolf, das ist sehr lieb von dir. Darf ich vorstellen? Das ist mein Neffe, Rudolf Wegard." Rudolf nickte höflich und lächelte Veronika und Martin an. „Rudolf war der Cousin von Michael. Und das hier ist der Mann, der mit Michael im Auto saß und überlebte."

Rudolf sagte mit gedämpfter Stimme: „Es ist unfassbar. Wir können es nicht glauben. So ein tragischer Unfall. Wer hätte gedacht, dass Michael Drogen genommen hatte. Das sah ihm gar nicht ähnlich."

„Auch Ihnen mein Beileid", Martin reichte ihm die Hand.

Rudolf nickte dankend. Er blickte sehnsüchtig zu der Frau hinüber, die mit ihren beiden Kindern noch am Tisch saß. Diese wich seinen Blicken aus. Schließlich kam sie mit ihren Kindern zur Gruppe dazu: „Tante Edelgard, wir müssen jetzt leider schon gehen."

„Das ist in Ordnung meine liebe Carla." Die beiden Frauen umarmten sich.

„Bitte bleib noch ein bisschen", bat Rudolf und strich ihr über den Arm.

Sie sah ihn nicht an, wies seine Hand von sich und sagte leise und bestimmt: „Lea und Paula, kommt, wir müssen jetzt nach Hause."

Die beiden Mädchen verließen zusammen mit Carla den Leichenschmaus. Rudolf bekam einen tristen Gesichtsausdruck, drehte sich um und setzte sich wieder zu seinem Kaffee.

„Bitte entschuldigen Sie", erklärte Edelgard Hainsberger, „wir sind alle sehr traurig heute."

Martin und Veronika blieben noch einige Momente bei der Trauergesellschaft. Anschließend verließen sie das Restaurant und fuhren zusammen in ihre gemeinsame Wohnung nach Bruchsal.

Die gesamte Fahrt über sagte Martin kein Wort. Er schaute gedankenvoll aus dem Fenster. Veronika ließ ihm seine Ruhe und sagte ebenso nichts.

Zu Hause angekommen brühten sie sich einen heißen Weihnachtstee auf und setzten sich auf die Wohnzimmercouch. Nach einem kurzen Schweigen unterbrach Martin die Stille: „Das kann nicht sein. Irgendetwas kann da nicht stimmen, irgendetwas ist falsch."

„Wie meinst du das?"

„Na, dieser Michael sah mir nicht aus, als ob er Drogen genommen hätte. Er benahm sich ruhig und normal. Da war nichts Auffälliges in seinem Verhalten. Außerdem würde mich interessieren, ob der Unfall die Todesursache war, oder die Drogen, die er genommen hatte."

„Was macht das für einen Unterschied?"

„Einen ganz wichtigen sogar. Überleg doch mal. Wenn der Aufprall die Todesursache war, dann liegt es nahe, dass dieser Unfall wirklich ein Unfall und der Grund dafür der Drogenmissbrauch war. Wenn aber die Drogen die Todesursache waren und der Unfall die Folge daraus, dann bleibt unklar, ob er sich selbst eine finale Dosis verabreichte oder ob…", er stockte kurz bevor er weitersprach, „oder ob ihm diese Dosis von außen verabreicht wurde."

Veronika öffnete den Mund: „Du meinst doch nicht im Ernst, dass er vergiftet worden ist oder von jemanden dritten unter Drogen gesetzt wurde mit der Absicht, seinen Tod herbei zu führen?"

„Ich weiß es nicht. Es könnte sein. Es wäre eine Möglichkeit."

„Aber wer sollte ihn denn töten wollen?"

„Das weiß ich nicht. Ich habe nur ein ungutes Gefühl."

„Du willst dich doch nicht einmischen?" Sie sah ihn bestimmt an.

Martin beschwichtigte Veronika: „Nein, wir überlegen erst einmal. Vielleicht finden wir ja einen Ansatzpunkt." Er nahm einen großen Schluck Tee. Veronika starrte aus dem Fenster. Während er sich ein paar Lebkuchenherzen nahm und sie genüsslich aufaß, sagte er: „Ich werde mich noch einmal bei Frau Hainsberger melden und versuchen, etwas über Michael herauszufinden. Mich interessiert, wer und wie er als Mensch war. Frau Hainsberger wird bestimmt offen sein und über ihren Sohn sprechen wollen. Ältere Menschen schwelgen gerne und oft in ihren Erinnerungen."

Veronika nickte. „Ja, das ist eine gute Idee."

Zwei Tage später saß Martin bei Frau Hainsberger zu Hause in Leimen bei Kaffee und Kuchen.

Sie blickte ihn freudig an: „Das ist aber nett von Ihnen, dass sie mich besuchen kommen. Ich freue mich über Ihre Anteilnahme." Ihr Blick trübte sich. „Es kamen sehr wenige Menschen zu mir und erkundigten sich, wie es mir geht. Jetzt, da ich alleine hier in diesem großen Haus lebe. Jetzt, da Michael nicht mehr ist."

„Ich dachte, dass es Sie freuen würde, wenn ich Ihnen ein bisschen Gesellschaft leisten und sie vom Alltag ablenken würde."

„Ja, das freut mich sehr."

Martin sah, dass auf der Anrichte einige Fotos aufgestellt waren. Er ging hinüber, um sie anzuschauen. Er lächelte als er ein Bild betrachtete, auf dem ein sehr dickes Baby eingehüllt wie ein Buddha in ein großes Handtuch auf einem Wickeltisch saß. „Wer ist das Baby?", fragte er.

Frau Hainsberger musste ebenso schmunzeln: „Das ist Michael. Er war damals knapp ein Jahr. Das Bild wurde noch in unserer alten Wohnung gemacht, kurz bevor wir hier in dieses Haus zogen."

„Er war ein sehr kräftiges Kind", befand Martin.

„Ja, das war er. Aber als er größer wurde verwuchs sich der Babyspeck und er wurde groß und schlank."

„Stimmt, hier ist ein Bild, auf dem er mit seiner Schultüte zu sehen ist." Martin sah sich alle Bilder an. Ihm viel sofort auf, dass es nur Bilder von Michael waren.

„Ich habe die Bilder herausgesucht, um ihn nicht zu vergessen. Um die Erinnerung an ihn am Leben zu erhalten."

Eine peinliche Pause entstand. Frau Hainsberger starrte vor sich hin. Dann, brach Martin die Stille: „Bitte, Frau Hainsberger, erzählen Sie mir von Michael. Wie war er als Mensch?"

„Er war ein lieber Junge. Und gutmütig war er."

„War er glücklich?"

Frau Hainsberger schaute ihn an. „Glücklich? Das vermag ich nicht zu sagen. Ich weiß es nicht. Er lebte mit mir hier in diesem großen Haus. Er kümmerte sich um mich. Nein, ich weiß nicht, ob ihn das glücklich machte."

Martin sagte nichts. Er wartete, bis sie von alleine weitersprach.

„Er war nicht verheiratet, wissen sie? Ich weiß es nicht, ob er je die Absicht hatte zu heiraten. Mir stellte er einmal ein Mädchen vor. Eine sehr nette junge Frau. Aber ich glaube, es ist nichts Ernstes daraus geworden. Nur eine Liebelei."

„Dann hatte er auch keine Kinder?"

„Nein, er hatte keine Kinder." Sie seufzte. „Ich werde nicht weiterleben in meinen Kindern und meinen Enkeln. Wenn ich sterbe, stirbt meine Familie."

„Und hatte er gute Freunde?"

„Ich weiß nichts von Freunden. Auf seiner Arbeit gab es einen Kollegen, mit dem er sich ab und an traf. Aber ich fand, dass er nicht gut zu ihm passte. Irgendetwas störte mich an ihm."

„Bekam er denn genügend Anerkennung bei seiner Arbeit?"

Frau Hainsberger blickte ihn mit zusammengekniffenen Augen an. „Er war ein Chauffeur. Und Mädchen für alles. Keine Rücksicht haben sie auf ihn genommen. Er musste Schicht arbeiten. Manchmal zwölf Stunden am Tag! Es gab Tage, da kam er erst spät nachts nach Hause. Ich sah es sehr ungern, dass er dort arbeiten ging."

„Oh, das wusste ich nicht." Er ermunterte Frau Hainsberger, weiter von dessen Arbeit zu berichten.

„Er war ein ausgeglichener Junge als er dort anfing. Aber dann ging es ihm immer schlechter. Man konnte förmlich zusehen, wie er in sich zusammenfiel. Er war ungewöhnlich angespannt. So kannte ich ihn gar nicht. Ich nehme an, dass es einfach eine zu große Belastung für ihn war. Und dann…" Sie brach ab.

„Ja? Was geschah dann?"

„Rudolf erzählte mir, dass Michael ihm eines Tags anvertraut hatte, dass es jemanden im Hotel gab, der ihn mobbte. Ist das nicht schrecklich?"

„Er wurde gemobbt?", wiederholte Martin nachdenklich.

„Ja. Jemand aus dem Hotel konnte ihn nicht leiden. Ich sagte ja schon, ich mochte ihn nicht gerne dort sehen und das Hotel tat ihm nicht gut."

„Das tut mir sehr leid." Betreten schaute Martin auf den Boden. „Sagen sie, Frau Hainsberger, wer kümmert sich denn jetzt um sie? Wer leistet Ihnen Gesellschaft?"

„Mein Neffe Rudolf schaut regelmäßig nach mir. Er geht auch einkaufen für mich und erledigt alle Hausarbeiten."

Martin nickte. „Wenn Sie mögen, dann schaue ich auch ab und an bei Ihnen vorbei."

Ein Lächeln glitt über ihren Mund: „Das würde mich sehr freuen. Sie sind ein netter junger Mann."

Martin erwiderte das Lächeln und nahm sich noch ein weiteres Stück Marmorkuchen.

Am nächsten Morgen saßen Martin und Veronika beim gemeinsamen Frühstück. Martin hatte bisher nicht viel gesprochen. Er war in sich gekehrt und machte einen konzentrierten Eindruck. Die äußerliche Ruhe wurde nur durch sein Kopfzucken durchbrochen. Veronika beobachtete ihn gebannt, da sie wusste, dass er innerlich wohl sehr aktiv war und etwas ausbrüten würde. Plötzlich richtete er sich auf. Sein Körper war angespannt. Wie erwartet hatte er eine Idee und begann: „Ich brauche deine Hilfe", seine Augen flackerten.

„Meine Hilfe?", fragte Veronika ungläubig.

„Ganz recht. Frau Hainsberger erzählte gestern, dass Michael im Hotel schlecht behandelt, ja vielleicht sogar gemobbt wurde. Er hatte Stress. Und nun ist er tot, unter ungeklärten Umständen umgekommen bei einer geschäftlichen Fahrt. Das ist doch sonderbar, nicht? Ich möchte etwas mehr über das Hotel in Erfahrung bringen. Aber mich kennen sie in dem Hotel schon, denn ich war ja dort. Dich kennen sie noch nicht. Ich möchte gerne, dass du dich im Hotel näher umschaust."

„Ich soll in das Hotel gehen?" Veronika war bestürzt.

Martin hingegen war begeistert von seiner Idee: „Ja, ich habe mir eine Möglichkeit ausgedacht, wie du inkognito in das Hotel kommen und etwas ausspionieren kannst."

„Soll ich mich ebenso auf dem Karlsplatz ansprechen lassen, wie du?" Veronika blickte ihn fassungslos an.

„Nein, so würdest du nur die äußere Fassade kennen lernen. Du sollst in das Innere blicken und sehen, was intern vor sich geht. Also, pass auf: Du könntest dich dort vorstellen, als Mitarbeiterin. Wie findest du diese Idee?"

„Aber als was sollte ich denn dort mitarbeiten? Außerdem habe ich meinen Beruf als Kunstpädagogin in Karlsruhe."

„Ich weiß. Aber als Kunstpädagogin verdient man nicht so viel und man könnte glaubhaft machen, dass du dir nebenbei auf 450 Euro-Basis noch etwas dazu verdienen möchtest. Wie wäre das?"

„Ich weiß nicht so recht." Veronika zögerte.

„Du könntest dich als Reinmachefrau bewerben. Die braucht man immer."

„Als Putzfrau?"

„Wieso nicht, dafür braucht man keine Ausbildung und es ist zumindest eine realistische Möglichkeit. Sagen wir, du arbeitest zehn bis zwölf Stunden die Woche, abends nach deiner Arbeit in der Kunsthalle. Jetzt in der Weihnachtszeit gibt es bestimmt auch in einem so großen Hotel etwas zu tun."

Veronika antwortete darauf nicht. Stattdessen sagte sie: „Lass mir etwas Zeit, um darüber nachzudenken."

3

Am nächsten Tag kam Veronika gut gelaunt aus der Kunsthalle zurück nach Hause. Martin erwartete sie bereits mit einem ordentlich gedeckten Tisch und einem herrlich riechenden asiatischen Gericht. Nachdem sie mit einem Bordeaux angestoßen hatten, sagte Veronika lächelnd: „Gut, ich werde es machen. Ich werde versuchen in das Hotel zu kommen, um möglichst viel auszuspionieren." Dabei flüsterte sie das Wort `ausspionieren´ und ihre Augen blitzen geheimnisvoll.

„Das ist wunderbar!" Martin war verblüfft. Veronika wollte ihm helfen, ohne dass er weitere Überredungskünste anwenden musste.

Bestimmt fuhr sie fort: „Wenn es Ungereimtheiten gibt, dann werde ich sie sicher bemerken. Du hast Recht, ich habe nochmals darüber nachgedacht. Es ist seltsam, dass dieser Michael bei dem Unfall umgekommen ist, während du nur vergleichbar leichte Verletzungen hattest. Ich kann mir gut vorstellen, dass er diese Drogen genommen oder verabreicht bekommen hat. Warum und von wem? Das gilt es herauszufinden. Also, packen wir's an!"

Martin küsste Veronika.

„Dann lass uns überlegen, wie wir am besten dein Bewerbungsschreiben formulieren, damit du für sie interessant bist und eine reale Chance hast."

„Das habe ich schon in meiner Mittagspause gemacht." Veronika holte einen Notizblock aus ihrer Tasche. Martins Augen strahlten. Das war es, was er an Veronika so liebte. Ihr Interesse und ihre Fähigkeit, sich für Dinge zu begeistern, die Martin selbst sehr wichtig waren. „Ich dachte mir, ich schreibe sozusagen als Aufreißer, dass ich über einen Bekannten, der das Hotel besichtig hat, vom Hotel und dessen Klasse gehört habe."

„Ja, das ist eine gute Idee."

„Und da ich neben meinem Kunststudium bereits im Hotelgewerbe gearbeitet habe, liegt es nun nahe, mich nun auch dort in diesem Hotel zu bewerben, um ein paar Euro nebenbei zu verdienen."

„Das klingt plausibel."

„Also gut, ich lese dir vor, was ich bereits vorformuliert habe. Wenn es gut ist, dann tippe ich es später ab und schicke es morgen mit der Post. Hör zu:

Sehr geehrtes Team des Svenson-Wellness-Palace-Hotel,

ich habe von mehreren Freunden, die Ihr Hotel besucht haben, gehört, wie großartig und professionell ihr Hotel geführt wird. Sie lobten das stilvolle Ambiente und den höflichen und stets freundlichen Umgang mit den Gästen.

Ich arbeite als Kunstpädagogin in der Kunsthalle Karlsruhe. Bereits neben meinem Studium habe ich jahrelang als Studentenkraft im Servicebereich des Hotels `Ambiente´ in der Innenstadt Karlsruhes gearbeitet. Da ich beruflich noch über Kapazitäten verfüge und in Bruchsal, unweit von Heidelberg lebe, möchte ich mich bewerben, neben meinem Hauptberuf als Pädagogin, bei Ihnen auf 450-Euro-Basis mitzuarbeiten. Ich könnte mir einen Einsatz im Servicebereich oder als Raumpflegekraft vorstellen. Eine Wochenarbeitszeit von zehn bis zwölf Stunden pro Woche, möglichst am Abend oder in der Nacht, wäre ideal für mich.

Anbei schicke ich Ihnen meinen tabellarischen Lebenslauf.

Ich freue mich auf eine Rückmeldung von Ihnen.

Vielen Dank für Ihre Mühe

Veronika Schönlein

Was sagst du dazu?"

Martin schüttelte langsam den Kopf. Er fand Veronikas Engagement beeindruckend: „Du bist wunderbar. Das klingt sehr engagiert und gut. Etwas zu viel aufgetragen hast du zu Beginn, als du das Hotel lobst. Aber vielleicht fühlen sie sich geschmeichelt und es ist genau das der Grund, dass sie dein Anschreiben nicht gleich weglegen, sondern bis zum Ende lesen."

„Dann kann ich es so, wie ich es geschrieben habe, abtippen?"

„Ja, das kannst du. Ich bin gespannt, ob sie sich bei dir melden werden."

„Ja, ich auch." Sie stand auf und machte sich sogleich an die Arbeit.

Veronika kam nach einem anstrengenden Tag nach Hause. Gestresst legte sie ihren Mantel ab, knallte den Haustürschlüssel auf die Kommode und ließ sich erst einmal mit einem Seufzer auf die Couch fallen. Martin, der gerade geschlafen hatte, stellte sich in den

Türrahmen und bemerkte: „Ich brauche wohl nicht zu fragen, wie dein Tag heute war?"

„Frag lieber nicht." Sie rieb sich mit den Händen über ihr Gesicht. „Ich hasse es, wenn ich mit Schulklassen ein Kunstwerk betrachte und nur auf Gegenwehr und Ablehnung stoße. Wenn mir nichts anderes übrig bleibt, als die Kinder ständig zu ermahnen, zu maßregeln. Und schlimm ist es auch, wenn die Lehrer selbst ihre Schüler nicht mehr im Griff haben. Ich bin zu nichts gekommen! Ich habe heute ein fantastisches Bild von Claude Monet herausgesucht: `Impression, Sonnenaufgang´. Das Werk gab der Stilrichtung `Impressionismus´ ihren Namen. Und von den Kindern kam absolut nichts. Ich musste ihnen förmlich alles aus der Nase ziehen. Und die danach selbst gemalten Bilder der Kinder waren auch absolut furchtbar. Schrecklich."

„Das tut mir leid, dass du heute keinen schönen Tag hattest." Martin setzte sich zu ihr auf die Couch. „Wie kann ich dir behilflich sein. Was kann ich für dich tun?"

„Ach, nichts. Ich rege mich schon wieder ab. Morgen ist ein neuer Tag und da wird es bestimmt besser werden. Ich frage mich nur manchmal nach dem Sinn. Und heute habe ich nach meinem Empfinden nichts wirklich Sinnvolles bewirkt und das macht mich traurig."

„Das verstehe ich." Martin strich ihr über das Gesicht. Sie nahm seine Hand und küsste sie.

„Lass uns von etwas anderem reden."

Nach einer Pause fragte Martin: „Und, haben sie sich schon gemeldet?"

„Du meinst die vom Hotel? Nein, leider nicht. Die Bewerbung müsste vor drei Tagen angekommen sein. Aber bisher kam kein Brief und angerufen haben sie auch nicht."

„Schade." Wieder entstand eine Pause. „Dann lass uns bitte über Heiligabend sprechen. Wir haben heute schon den 16. und wir müssen unseren Familien Bescheid geben, bei wem wir wann feiern wollen."

„Ja, du hast Recht."

„Ich würde gerne den Heiligen Abend bei meinem Vater verbringen. Es ist das erste Weihnachtsfest ohne meine Mutter. Mein Bruder und seine Frau werden auch dort sein."

Veronika sah Martin nachdenklich an. „Ich weiß, dir ist es wichtig. Dann will ich nichts dagegen sagen. Ich verstehe dich gut und euer Vater braucht euch jetzt. Geh und ruf deinen Vater an, er wird sich freuen."

Martin stand freudig auf und ging Richtung Telefon: „Das mache ich."

Da klingelte Veronikas Handy. Martin lief unterdessen in den Flur, wo die Station des Telefons war und rief seinen Vater an. Ihm berichtete er, dass er und Veronika gerne am Heiligabend zu ihm nach Bruchhausen kommen würden. Er war spürbar erfreut und schwärmte in allen Einzelheiten über das köstliche Essen, was Jürgen und Vanessa angekündigt hatten. Nach einer herzlichen Verabschiedung ging Martin wieder zurück zu Veronika ins Wohnzimmer.

„Vielen herzlichen Dank! Ja, das werde ich machen. Ich bin dann morgen um siebzehn Uhr bei Ihnen an der Rezeption. Ja, vielen Dank nochmals. Bis dann." Sie legte ihr Handy auf den Couchtisch. „Was sagst du dazu. Es war das Hotel. Ich bin morgen um siebzehn Uhr zu einem Vorstellungsgespräch eingeladen."

„Aber das ist ja wahnsinnig toll!" Martin freute sich sehr und zuckte vor lauter Anspannung gleich mehrmals hintereinander mit dem Kopf.

„Ja, das finde ich auch. Und ich bin sehr gespannt. Vielleicht klappt es ja noch, dass ich vor Weihnachten anfangen kann? Je schneller, desto besser."

Martin nickte: „Das ist richtig und wiederholte nochmals: „Je schneller, desto besser."

Pünktlich um siebzehn Uhr betrat Veronika die Halle des Hotels. Ehrfürchtig blieb sie stehen, als sie das noble und gehobene Ambiente sah. Alles glänzte, war sauber poliert und sie hatte das Gefühl, dass jede Einzelheit genau durchdacht und aufeinander abgestimmt war. Aber nicht nur der Raum beeindruckte sie. Auch die Mitarbeiter waren ungewöhnlich schön anzusehen und stilvoll angezogen. Sonderbar, dachte Veronika, irgendwie war es zu schön, zu fein und zu ordentlich. Es machte auf sie auch einen unechten, surrealistischen Eindruck. Sie fühlte sich fehl am Platz und war fast schon im Begriff wieder zu gehen, da sah sie, wie eine der Schönen auf sie zukam und sie mit ihrem Namen ansprach. „Du bist bestimmt Veronika?"

„Ja", antwortete Veronika schüchtern, „das bin ich."

„Sehr schön, dann kannst du noch einen Moment hier Platz nehmen. Madelaine kommt gleich und wird sich um dich kümmern."

„Vielen Dank." Veronika setzte sich auf die gleiche Chaiselongue, auf der kürzlich Martin gesessen hatte. Im selben Moment kam ein glatzköpfiger Mann mit strahlend weißen Zähnen gemeinsam mit einem jungen Pärchen im Schlepptau durch die Halle gelaufen. Sie waren in ein engagiertes Gespräch vertieft. Veronika hörte, wie er sagte: „Und das alles könnt ihr jetzt jederzeit genießen. Gratulation nochmals. Ihr habt gerade eben ein zehnjähriges Recht erhalten, jedes Jahr zwei Wochen lang hier Urlaub zu machen, wann immer ihr wollt. Das kann euch keiner mehr nehmen."

Das Pärchen lachte glücklich. Ein reges Händeschütteln und eine herzliche Verabschiedung folgten. Dann verließ das Paar die Halle. Der strahlende Mann verschwand in einer der Türen hinter der Rezeption.

Eine brünette Frau mit rosigen Wangen und einem elegant geschnittenen, türkisfarbenen Kleid kam Veronika entgegen. Nach einer gegenseitigen Begrüßung bat sie Veronika mit ihr in ein weiter hinten gelegenes Büro zu kommen. Im Gegensatz zur Eingangshalle war der Raum nicht im Geringsten nobel eingerichtet. Zwei einfache Schreibtische sowie funktionale Regalsysteme an den Wänden waren die eher nüchterne Einrichtung. Mehrere Computer, unzählige Ordner nach Kalenderjahren sortiert, Registerkarten und offizielle Papiere verrieten, dass hier wohl die Buchhaltung des Hotels und personelle Abrechnungen gemacht wurden. Madelaine hielt die Bewerbung Veronikas in den Händen. Sie blickte Veronika aufmerksam in die Augen: „Du willst also bei uns arbeiten?"

„Ja, das ist richtig" beantwortete Veronika zögerlich. „Ich, ich suche einen Nebenjob."

„Und du hast Erfahrung, wie ich gelesen habe? Du hast schon einmal in einem Hotelbetrieb gearbeitet? Das ist sehr gut. Ich war so frei und habe mich dort im Hotel `Ambiente´ erkundigt und ja, sie waren sehr zufrieden mit dir."

„Oh, ja?", stammelte Veronika. „Das ist aber aufmerksam von Ihnen."

„Aber leider können wir dich nicht für den Servicebereich einstellen. Wir benötigen unbedingt noch einige Hilfskräfte bei den Zimmermädchen. Wenn dir diese Arbeit nichts ausmacht, dann können wir es miteinander probieren." Sie lächelte gekonnt. Veronika versuchte ebenso gekonnt zurückzulächeln. „Du kannst morgen Abend zum Probearbeiten kommen. Wir bezahlen neun Euro die Stunde. Du wirst zwei Stunden am Tag arbeiten, jeweils von siebzehn bis neunzehn Uhr. Auch am Wochenende. Unsere Gäste sind ja schließlich auch am Wochenende hier."

Die Tür öffnete sich und ein arabisch aussehender Mann steckte seinen Kopf ins Büro. „Wir haben in zehn Minuten ein Meeting mit Roger, bist du dann soweit?"

„Aber ja, ich bin gleich bei euch."

„Alles klar. Beeil dich und komm nicht wieder zu spät!" Der Mann zwinkerte Madeleine zu, küsste in die Luft und verschwand wieder. Madelaine verzog das Gesicht.

Ihr Körper krampfte für einen kurzen Moment zusammen. Dann legte sie wieder ihr professionelles Lächeln auf. „Gut, deine Kleidung erhältst du von uns. Wir erwarten ein angemessenes Makeup und ordentlich zusammengebundene Haare. Regina wird dich anleiten und dir deinen Arbeitsbereich zeigen. Wenn es keine weiteren Fragen gibt, dann muss ich dich jetzt verabschieden. Wenn das Probearbeiten zufriedenstellend ausfällt, dann klären wir die offiziellen Angelegenheiten." Mit diesen Worten geleitete sie Veronika wieder zurück in die Halle.

Mit der Gewissheit diesen Job inne zu haben, aber mit einem mulmigen Gefühl im Bauch stieg sie in ihr Auto.

4

Als Veronika am nächsten Tag das Hotel betrat, sollte sie umgehend zu Roger Hufer, den Hoteldirektor kommen. Schüchtern trat sie in sein Büro ein. Roger saß hinter seinem Schreibtisch.

„Du bist also Veronika?"

Veronika nickte. Freundlich gab er ihr die Hand. „Setz dich einen Augenblick. Ich nehme mir immer die Zeit unsere potentiellen neuen Mitarbeiter persönlich kennen zu lernen."

Veronika setzte sich.

„Madelaine erzählte, dass du bei dem Vorstellungsgespräch einen kompetenten und sympathischen Eindruck gemacht hast. Das ist sehr wichtig, wenn man bei uns arbeiten möchte."

„Das freut mich", sagte Veronika kleinlaut.

„Wenn du bei uns angestellt sein möchtest, dann musst du auch in unser Konzept hinein passen. Ich will dir einmal etwas über unsere Philosophie erzählen." Er setzte sich auf die Schreibtischplatte. „Die wichtigsten drei Wörter bei uns heißen: Höflichkeit, Zufriedenheit und Fleiß. Höflich müssen alle Mitarbeiter sein, egal, wie ein Gast reagiert oder was ein Gast sagt. Der Gast hat immer, wenn manchmal auch nur vordergründig, Recht. Alle Gäste müssen zufrieden sein, damit sie unser Hotel weiterempfehlen und immer gerne wiederkommen. Wir müssen alles daran setzen, unsere Gäste zufrieden zu stimmen. Jeder, der bei uns arbeitet, muss fleißig sein und alles dafür tun, um die Qualität in unserem Haus kontinuierlich zu verbessern. Dafür haben wir interne Wettbewerbe ausgeschrieben, um den fleißigsten Mitarbeiter zu küren."

„Das klingt aber interessant."

„Wenn du diese drei Vorgaben beachtest, dann wirst du bestimmt eine sehr gute und allseits beliebte Mitarbeiterin."

„Ja, das möchte ich werden", log Veronika.

„Das freut mich. Dann möchte ich dich nicht von dem ersten Probearbeiten abhalten." Er verwies sie mit einer Handbewegung aus seinem Büro.

„Das ist wirklich sehr freundlich, Herr Hufer." Veronika stand auf und verließ den Raum. Schnellen Schrittes ging sie in das Umkleidezimmer im Untergeschoss des Hotels. Sie zog ihre Dienstkleidung an. Das weißblaugestreifte, steif gebügelte Kleid verlieh ihr ein strenges, biederes Aussehen. Ihre Haare waren wie gewünscht zurückgebunden. Sie konnte sich selbst nicht wiedererkennen. Regina stand neben ihr, betrachtete sich in einem Spiegel und zog ihren dezenten Lippenstift nach. „Wenn du fertig bist, gehen wir zuerst zur Rezeption. Dort erhalten wir unseren Arbeitsplan für heute. Du musst wissen, wir haben hier ein rotierendes System. Die Aufgabengebiete wechseln täglich. Man weiß nie, welches Stockwerk oder welche Zimmer man reinigen muss. Sie wollen, dass sich keine Routine einschleicht, wir immer flexibel bleiben und uns in allen Bereichen gut auskennen."

Veronika nickte. Sie fand das System gut für ihr Vorhaben, da sie so das gesamte Hotel kennen lernen würde. Als sie kurz danach aus dem hinteren Bereich in die Halle eintraten, stand dort ein junger Mann, der in einem angeregten Gespräch mit der Rezeptionistin war. Er stand leger an die Theke gelehnt. Ab und an nickte er ihr zu. Als Veronika und Regina näher kamen, sah er Veronika tief in die Augen. Er musterte sie genau und lächelte süffisant. „Was sehe ich, wen haben wir denn hier? Willst du uns nicht vorstellen?"

„Das hier ist Veronika, eine neue Kollegin. Ich lerne sie heute ein."

„Oh, sehr gut. Ich hoffe dir gefällt es bei uns. Wir können gar nicht genug schöne Frauen hier haben. Das macht die Arbeit doch viel angenehmer." Veronika konnte seinen stechenden Augen nicht standhalten und senkte den Blick.

Regina schüttelte den Kopf: „Ach Oliver, du kannst es nicht lassen. Ihn brauchst du nicht so ernst zu nehmen, Veronika. Er ist hinter jedem Rock her und meint auch noch, dass es uns gefällt."

„Was soll das denn heißen. Ich bin eben ein Kavalier, dem die Frauen gefallen. Das ist alles. So schlimm bin ich nicht." Er legte seine Hand auf die Brust und schüttelte fromm den Kopf.

„Natürlich." Regina seufzte kurz. „So, und jetzt lass uns mal unsere Arbeit machen. Hast du nichts zu tun?"

„Aber klar, ich warte nur auf meinen nächsten Gast. Der muss gleich fertig sein."

„Dann warte bitte da drüben und halte uns nicht auf."

„Wird gemacht. Wir sehen uns." Er gab Veronika einen Handkuss, lief aus der Halle hinaus, wo er bei seinem Auto stehen blieb und sich eine Zigarette anzündete.

„Wer war das denn?", fragte Veronika.

„Ach, das ist Oliver, einer der Fahrer. Hatte wohl kurz Leerlauf. Ein lustiger Typ ist er. Mit dem kann man gerne mal was trinken gehen und eine gute Zeit haben. Nervig ist nur, dass er jede Frau hier anbaggert. Das hast du ja gemerkt." Sie wandte sich an die Rezeptionistin. „Sarah, gibst du uns bitte unseren Arbeitsplan?"

Diese überreichte ihr ein Papier, auf dem die Zimmernummern standen, die heute Abend gereinigt werden mussten. Sogleich machten sich Regina und Veronika auf den Weg in den dritten Stock. Es standen fünf Zimmer und eine Suite auf dem Plan. Als sie das erste Zimmer betraten, öffnete Veronika ehrfürchtig ihren Mund. Der Raum mochte bestimmt siebzig oder gar achtzig Quadratmeter groß sein. Die Einrichtung war vergleichbar luxuriös und hochwertig, wie die in der

Eingangshalle. Veronika betrachtete den intim gestalteten privaten Essbereich, die modern gestaltete Wohnlandschaft und das große Wasserbett, das förmlich dazu einlud, sich darauf hinzulegen. Die große Fensterfront gab dem Raum eine luftige Atmosphäre. Hier lässt es sich gut aushalten, dachte Veronika.

„Ja, ich staunte auch, als ich das erste Mal die Zimmer gesehen habe."

„Aber das ist ja Wahnsinn. So groß und mondän ist es hier."

„Du musst erst mal die Badezimmer sehen. Sie haben vergoldete Wasserhähne und riesige Badewannen mit Whirlpool-Funktion. Ich glaube das Badezimmer hier ist bestimmt zwanzig Quadratmeter groß! Deshalb ist dieses Hotel ja auch etwas ganz Besonderes und mit nichts zu vergleichen."

Ungläubig begutachtete Veronika alles, bevor sie wieder zu sich kam und mit der Arbeit anfing. Regina wies sie an das Zimmer ordentlich und gewissenhaft zu reinigen. Sie benötigten zu zweit etwa eine halbe Stunde für die gesamte Wohneinheit. Dann gingen sie einen Raum weiter, der vergleichbare Ausmaße hatte.

„Wie ist das eigentlich hier", fragte Veronika. „Könnte ich mich einfach einmieten, wenn ich Lust auf ein paar erholsame Tage hätte?"

Regina schüttelte den Kopf: „Aber nein, so einfach kommt man hier als Gast nicht hinein. Die suchen sich die Gäste ganz genau aus. Und nur, wer auch gut hier her passt, darf hier Urlaub machen."

„Oh", Veronika nickte, „das wusste ich nicht. Also man kann das Hotel nicht im Reisebüro buchen?"

„Nein, ich denke nicht."

„Ich frage mich, wie sie dann an die vielen Gäste kommen?"

„Viele Menschen wissen von dem Hotel oder haben von anderen etwas über das Hotel erfahren. So etwas spricht sich rum. Sie kommen einfach her, um es sich anzuschauen. Viele Menschen kommen. Oliver und seine Kollegen bringen ständig Interessenten hier her."

Veronika dachte unweigerlich an Martin. Wusste Regina Bescheid über die mysteriöse Kundenakquirierung, einfache Passanten unter falschen Vorgaben hier ins Hotel zu schleusen?

„Weißt du, wie viel so ein Urlaub hier kostet?", forschte Veronika.

„Nein, das kann ich dir nicht sagen."

Veronika nickte und beließ es fürs Erste dabei. Regina schien von den Vorgängen im Hotel nicht viel zu wissen.

Nach weiteren eineinhalb Stunden Putzarbeit war Veronikas Einarbeiten zu Ende. Sie sollte sich anschließend bei Madelaine melden. Regina sollte mitkommen und eine erste Einschätzung über die Qualität von Veronikas Arbeit geben. Nachdem das Gespräch mit Madelaine zufriedenstellend ausgefallen war, durfte Veronika ihren Arbeitsvertrag unterschreiben.

Als sich die drei in der Halle verabschiedeten und anschließend Regina weiter an die Arbeit ging, kam Enes zu Madelaine und Veronika. „Na, Süße, alles klar?" Er gab Madelaine einen Kuss. „Ist alles zufriedenstellend gelaufen?"

„Aber ja, wir haben eine neue Mitarbeiterin." Sie blickte auf Veronika.

„Das freut mich für dich. Enes ist mein Name." Er gab Veronika die Hand. „Ich bin hier für die Promotion zuständig."

„Freut mich Sie kennen zu lernen", sagte Veronika. „Aber entschuldigen Sie mich bitte, ich muss jetzt nach Hause gehen."

„Na klar, kein Problem." Ein professionelles Lächeln glitt über seinen Mund.

Veronika lenkte ihre Schritte in Richtung Drehtür, als sie im Hinausgehen Enes Stimme hörte: „Wie, du hast heute Abend etwas anderes vor? Was soll das heißen?"

„Nichts, sei doch bitte nicht so laut. Das erkläre ich dir später."

Draußen vor der Tür stand Oliver an seinen Wagen gelehnt. Als er Veronika hinauskommen sah, kam er ihr entgegen. „Na, schöne Frau. Wie war der erste Tag?"

Veronika hatte keine Lust, sich mit ihm zu unterhalten und antwortete kurz: „Ja danke, der war gut."

„Das freut mich aber zu hören. Wohin des Weges? Darf ich dich ein Stück begleiten?"

„Ich muss nach Hause." Sie lief in Richtung Parkplatz.

„Nicht so schnell, bitte! " Er lief ein Stückchen mit ihr mit. Schwärmerisch sprach er weiter: „Als ich dich vorhin gesehen habe, sagte ich zu mir: Dieses Mädchen muss ich unbedingt einmal kennen lernen."

„Ja?" Ungläubig blickte sie ihn an.

„Wie wäre es denn, wenn wir zusammen etwas trinken gehen?"

„Nein, nein, das machen wir nicht." Veronika winkte ab und öffnete die Tür zu ihrem Wagen.

„Aber nein, das kannst du mir doch nicht antun! Bitte….."

Veronika knallte mit einem `Nein´ die Tür zu und startete den Wagen. Oliver stand wie ein begossener Pudel draußen und schaute ihr nach, wie sie flott vom Parkplatz fuhr. Mit einer Absage hatte er wohl nicht gerechnet.

Zu Hause wartete Martin gespannt auf die Rückkehr Veronikas. Als er die Tür aufgehen hörte, eilte er ihr schnell entgegen. Veronika konnte kaum hineintreten, schon hörte sie Martins erste Frage. „Und, hast du den Job bekommen?"

Veronika bejahte. Martin war froh. Jetzt könnte die Sache interessant werden, meinte er. Er bat sie, in allen Einzelheiten zu erzählen, wie der erste Tag war und wen sie alles getroffen hatte. Nachdem Veronika mit ihren Schilderungen zu Ende war, saß Martin ganz still da. „Und welches Gefühl hattest du, als du in das Hotel gekommen warst?", fragte er schließlich.

„Ich hatte ein ungutes Gefühl. Alles wirkte so unecht."

„Ja, so ging es mir auch."

Veronika runzelte die Stirn. Sie starrte nachdenklich vor sich hin. „Und dann ist da diese Madelaine. Ich weiß nicht recht, aber ich glaube, ich habe das Gesicht schon einmal zuvor gesehen."

„Du hast sie wiedererkannt?"

„Ja, aber ich weiß nicht, wo es war. Wo ich sie das erste Mal gesehen habe. Ich kann mich nicht daran erinnern."

„Gut, wenn es wichtig ist, dann wird es dir vielleicht zu gegebener Zeit wieder einfallen, wenn du gerade nicht daran denkst."

Veronika nickte. Es entstand eine Pause. „Und was fangen wir jetzt an?"

„Vielleicht solltest du die Avancen von diesem Oliver erwidern."

Veronika sah in scharf an. „Ich soll was?"

„Ja, aber natürlich nicht in echt. Tu so, als ob du ihn auch interessant findest. Er war der Kollege von Michael. Vielleicht kann er dir etwas über ihn erzählen. Vielleicht weiß er etwas. Denk dran, Michael sollte gemobbt worden sein. Irgendjemand mochte ihn nicht. Und es ist möglich, dass er etwas besser über das Hotel informiert ist als diese Regina."

Veronika schaute ihn ungläubig an. Aber widerwillig stimmte sie Martin zu. Es wäre immerhin ein guter Ansatzpunkt.

„Und was willst du unternehmen?", fragte sie.

„Ich kaufe morgen einen Weihnachtsstern und werde die Mutter von Michael besuchen. Vielleicht kann sie mir noch etwas mehr von Michaels Umfeld erzählen. Welche Freunde er hatte oder mit wem er seine Zeit verbrachte."

Mit einem herrlichen Weihnachtsstern und mit einem Päckchen Lebkuchen in der Hand, stand Martin vor dem Haus Hainsberger. Es dauerte nur einen kurzen Moment, bis Rudolf die Tür öffnete. Er war sehr erstaunt und etwas irritiert als er Martin sah. Schließlich bat er ihn herein und führte ihn ins Wohnzimmer, in dem Frau Hainsberger in ihrem Sessel saß.

„Das ist aber eine Überraschung. Herr Fennberg, ich bitte Sie, nehmen Sie Platz."

„Ich habe Ihnen einen Weihnachtsstern mitgebracht und etwas Lebkuchen. Ich dachte mir, dass Sie gerne Besuch bekommen."

„Das ist aber lieb von Ihnen. Ja, das stimmt. Rudolf, bitte, nimm ihm die Sachen ab. Und geh in die Küche und hol ihm eine Tasse. Er soll mit uns Kaffee trinken."

Dankend nahm Martin an. Rudolf goss ihm heißen Kaffee ein und bot ihm ein Stückchen Kuchen an. Dann setzte er sich stumm daneben.

„Es ist sehr schön, Herr Wegard, dass sie sich um Ihre Tante kümmern."

„Ja, das ist mir eine Freude. Rudolf macht alles für mich."

„Bitte, Tante, nicht doch." Rudolf winkte schüchtern ab.

„Doch, lass es dir gesagt sein. Du bist ein guter Neffe." Sie erklärte Martin: „Niemand sonst ist da für mich. Wenn ich ihn nicht hätte, wüsste ich nicht, wie ich weiterleben sollte."

Martin lächelte freundlich. Kurz und fast unmerklich zuckte sein Kopf.

„Ich hoffe, Sie haben den Schmerz etwas überwunden? Den eigenen Sohn zu begraben, das ist etwas unvergleichbar Schlimmes."

„Das kann ich Ihnen sagen. Ein Teil von mir ist gestorben. Unwiederbringlich. Und es war einfach die falsche Reihenfolge. Ich hätte zuerst sterben sollen. Aber nein, er tat es."

„Und wissen sie schon mehr darüber? An was ist er denn genau gestorben?"

„Nein, das wissen wir nicht. Die Polizei war bei uns und hat uns Fragen über Michael gestellt. Aber sonst haben wir nichts weiter gehört. Sie werden uns doch erzählen, wenn sie etwas herausgefunden haben?"

„Aber sicher." Martin beruhigte sie. „Wenn sie etwas wissen, dann werden sie es Sie bestimmt wissen lassen."

Frau Hainsberger nickte und atmete tief aus. Da krampfte sich ihr linker Arm zusammen und sie stieß einen spitzen Schrei aus. Rudolf kam ihr sofort zu Hilfe. Martin wusste nicht recht, was er tun solle. Dann, nach einem kurzen Moment, beruhigte sich Frau Hainsberger wieder. „Es tut mir leid. Entschuldigen Sie bitte. Sie sollen sich das nicht ansehen müssen."

„Ansehen? Aber Frau Hainsberger, was ist eben geschehen?"

Sie blickte ihn traurig an. Nach einer Pause fing sie langsam an. „Ich habe Krebs. Sie haben einen Tumor in meinem Kopf festgestellt. Angefangen hat es vor einigen Monaten." Ihre wässrigen Augen schauten in die Ferne. „Ich habe Gleichgewichtsstörungen bekommen und sagte plötzlich Dinge, die ich nicht sagen wollte. Andere Worte sind mir nicht mehr eingefallen. Seit einigen Tagen sehe ich auf dem linken Auge Flecken. Ich habe furchtbare Schmerzen und", sie brach ab und nahm Rolfs Hand, „ich habe furchtbare Angst. Immer wieder bekomme ich Krampfanfälle. Ich muss auch immer öfter ins Krankenhaus und ich weiß, dass es nie mehr besser werden wird. Der Tumor ist inoperabel. Es kann nur noch schlimmer werden bis hin zum…" Das letzte Wort sprach sie nicht aus. Martin nickte und sah Rudolf an, der Anteil nehmend neben ihr saß.

„Dann ist es unglaublich wichtig, dass sie Unterstützung und Liebe durch ihre Familie erfahren."

„Ja, das stimmt. Rudolf ist mir ein treuer Gefährte." Sie atmete tief durch. Dann blickte sie Rudolf an und begann: „Rudolf bekommt selbst nicht viel Gesellschaft. Immer ist er bei mir, der Gute. Aber er soll auch sein Leben genießen und Freude erfahren dürfen. Bitte, Herr Fennberg, wie wäre es denn, wenn Sie mit ihm und Ihrer Frau etwas gemeinsam unternehmen würden? Das würde mich glücklich stimmen."

„Ja, natürlich", begann Martin, „wenn Rudolf Lust hat, dann können wir gemeinsam etwas essen gehen?"

Rudolf wirkte etwas überfordert, meinte aber schließlich, dass er sich auch sehr freuen würde, wenn es denn der Wille der Tante wäre. Frau Hainsberger war zufrieden.

5

An diesem Abend sollte Veronika nochmals mit Regina zusammenarbeiten, bevor sie in Zukunft selbstständig putzen durfte. Es musste die Suite „Heidelberg" im ersten Stock für die am nächsten Tag ankommenden Gäste gereinigt und hergerichtet werden. Zu Veronikas Erstaunen verfügte die Suite neben den üblichen Räumen noch über eine breitgefächerte Bibliothek sowie über ein Lesezimmer und ein Spielezimmer mit Billard- und Kartentisch. Regina war ganz aufgeregt und putzte penibel alle Oberflächen und in jede Ecke. Die Bettdecken wurden akribisch zusammengefaltet und mit zu Blüten gefalteten Handtüchern drapiert. Nachdem die Bar aufgefüllt und hier und da eine süße Leckerei platziert wurde, löste Regina das Rätsel um ihr Engagement: Jeden Mittwoch wurde ein Zimmermädchen mit dem Zufriedenheitspreis für die beste Leistung geehrt. Und dieses Mal wollte sie ihn nun zum 20. Mal gewinnen. Bei diesem „Jubiläum" sollte mehr als nur der gewöhnliche Geschenkgutschein und eine Urkunde von Madelaine herausspringen. Veronika war sehr erstaunt über diese Preisverleihung, aber Reginas Verhalten gab dem System Recht. Sie war unglaublich motiviert und arbeitete noch härter als sonst. Als sie gerade im Begriff waren die Suite zu verlassen, sagte Regina: „Wir sind alle sehr aufgeregt hier. Roger ist nicht wieder zu erkennen. Er ist angespannt wie ein Flitzebogen und rennt aufgeregt von einem zum anderen. Herr Svenson persönlich soll uns besuchen kommen. Am ersten Weihnachtsfeiertag will er sein Hotel begutachten und schauen, ob hier alles zufriedenstellend läuft."

„Und wieso sind alle so angespannt? Haben sie denn etwas zu befürchten? Es schaut alles so fein und ordentlich aus."

„Ja, das Hotel läuft auch gut." Regina nahm ihre rechte Hand vor den Mund. Sie flüsterte: „Aber ich habe etwas munkeln hören, dass irgendetwas mit den Zahlen nicht stimmt. Die Auslastung ist nicht so hoch, wie sie sein sollte."

„Obwohl immer so viele Interessenten hier her kommen und sich das Hotel anschauen?" Veronika schüttelte mitfühlend den Kopf.

Regina zuckte mit den Schultern: „Ja, ich kann es mir auch nicht erklären. Jetzt müssen wir eben alles dafür tun, damit es sich in Zukunft ändert." Sie nahm ihren Putzwagen und öffnete die Tür zum nächsten Zimmer. Im selben Moment kamen Madelaine und Enes den Flur entlang. Er sprach mit gereizter Stimme: „Was soll das heißen, du gehst heute Abend mit Janina in den Bergfried?"

„Ich habe das Treffen schon vor Wochen vereinbart und mir ist es wichtig, nach so langer Zeit meine Freundin zu treffen."

„Ja, aber ich habe das Meeting für heute Abend extra abgesagt, damit wir beide den Abend miteinander verbringen können."

„Tut mir Leid Enes, aber ich kann nicht."

„Und was soll ich dann machen? Das ist ja wieder typisch." Er packte sie am Arm: „Ich sag dir was: Langsam wird es mir zu bunt. Das ganze Ausgehen in der letzten Zeit gefällt mir nicht. Irgendetwas stimmt doch da nicht?"

„Aber Enes. Bitte!"

„Ich erwarte, dass du das Treffen absagst und mit mir den Abend verbringst!" Seine Stimme hob sich und seine Augen glühten. Sie blickte ihn flehend an. Dann, vollkommen unerwartet, sagte sie mit matter Stimme: „Ja, du hast recht. Ich werde Janina absagen."

In dem Moment kamen sie an Regina und Veronika vorbei. Ein gezwungenes Lächeln glitt über Madelaines Gesicht. Veronika grüßte höflich und verschwand anschließend mit Regina im Zimmer.

Nach der Schicht verließ Veronika das Hotel. Oliver stand wie jeden Abend gelehnt an seinen Wagen. Als er sie kommen sah, kam er ihr wie am Vortag entgegen.

„Hallo, schöne Frau!" Er schaute sie an wie ein indischer Rosenverkäufer. „Wie wäre es mit einem Glas Wein bei Kerzenschein?"

Veronika war etwas erschrocken von seiner forschen Art.

„Aber nicht doch. Heute darfst du mir keinen Korb geben. Heute Abend möchte ich dich ausführen. Ich kenne ein sehr schönes kleines Lokal am Rand von Heidelberg mit einer tollen Aussicht auf das Neckartal. Sehr romantisch. `Heut ist mir alles herrlich; wenn's nur bliebe! Ich sehe heut durchs Augenglas der Liebe.´"

„Was soll das denn heißen?"

„Das ist von Johann Wolfgang von Goethe."

Veronika konnte ein Lächeln nicht unterdrücken. Kleiner Schelm, dachte sie, er versucht mich mit Goethe zu beeindrucken. „Man sei erst liebenswert, wenn man geliebt sein will." Konterte sie mit einem Zitat von Goethe zurück.

„Und, willst du geliebt werden?"

„Ich weiß nicht so Recht." Sie dachte an Martin. Er saß jetzt zu Hause und wartete auf sie. Solle sie mit Oliver etwas trinken gehen? Sie entschied: „Ok, Oliver, ich werde mit dir etwas trinken gehen. Einen Moment. Ich muss noch eben ein Telefonat erledigen und dann komm ich mit dir."

„Ich warte gerne." Diskret zog er sich zurück. Veronika gab Martin Bescheid. Dieser war begeistert. Sie solle vor allem im Hinterkopf behalten möglichst viel über Michael herauszubekommen. „Geht klar, Martin. Ich werde später berichten." Dann legte sie auf und stieg zu Oliver ins Auto. Gemeinsam fuhren sie in das besagte Lokal. Dieses war am Hang gelegen mit Aussicht auf die alte beleuchtete Neckarbrücke und mit dunklem, massivem Holz eingerichtet. Die schummrige Beleuchtung unterstrich den urigen Charakter. Es waren nur wenige Gäste dort. Veronika und Oliver setzten sich an einen der hinteren Tische. Nachdem sie beide ein Glas Merlot bestellt hatten, musterten sie sich gegenseitig. Dann blickte sie sich um und fragte provokativ: „Ist das hier dein Stammlokal, in das du deine vielen Frauen ausführst? Stimmungsvoll ist es hier, das muss ich schon sagen."

„Aber so viele sind es nicht", konterte Oliver mit einem Lächeln. „Ich bringe nur die wirklich Netten hier her."

„Na, da habe ich ja schon ganz andere Sachen gehört. Man munkelt, dass du jedes schöne Gesicht umgarnst."

„Man munkelt? Im Hotel?" Er grinste breit. „Nein, so ist das nicht. Ich kann mich eben der Schönheit nicht entziehen."

Veronika nickte: „Ah, so ist das? Aber weißt du, ich bin doch viel zu alt für dich."

„Wer sagt das?"

„Ich sage das."

„Vielleicht mag ich ja besonders die Frauen, sagen wir mal so: die mir etwas voraushaben." Seine Augen blitzten auf.

„Ok. Da kann ich erst mal nichts dagegen sagen. Na, dann schauen wir mal."

In dem Moment wurden die beiden Gläser Wein gebracht. Veronika und Oliver stießen miteinander an. Während sie die trocken-herbe Note des Weins in ihrem Mund entfalten ließ, dachte sie an Martin, der ihr angeraten hatte, mit Oliver zu flirten. So würde sie eher etwas aus ihm heraus bekommen. „Gut", begann sie mit einer sanften Stimme, „dann erzähl mir etwas von dir, damit ich weiß, auf wen ich mich da einlasse oder auf wen ich mich besser nicht einlassen soll."

„Was willst du hören?"

„Du bist jung und dynamisch. Wie kommt es, dass du als Chauffeur in dem Hotel arbeitest? Du bist doch bestimmt zu weit mehr im Stande, als nur Leute herum zu fahren?"

„Das ist doch ein guter Job. Er wird gut bezahlt und ich habe meine Ruhe. Ich sehe den Job nur als Gelderwerb. Mehr ist das nicht. Mein Leben lebe ich außerhalb."

„Aber wolltest du nie studieren?"

„Ich war auf der Realschule. Ich kann nicht studieren. Abgesehen davon, wollte ich das auch noch nie. Ich bin bequem. Ein bisschen Geld, Spaß drum herum, das ist es, was ich mag. Was ist denn wirklich wichtig im Leben? Ist es wichtig, sich krumm zu arbeiten und dann irgendwann in die Kiste zu fahren? Ich sehe das nicht so. Den Spaß bekommt man nicht auf der Arbeit. Den muss man sich woanders holen."

Veronika dachte an diese unerzogenen Kinder in einem ihrer letzten Kurse und musste zugeben, dass er wohl ein kleines bisschen Recht hatte. Ihr machte ihre Arbeit nicht immer Spaß. Oft war sie auch gestresst und unzufrieden. „Ja, das kann ich nachvollziehen. Sag mal, was ist denn der Spaß für dich? Oder anders gesagt, was ist für dich der Sinn im Leben?"

„Ich brauche nur so viel Geld, um mir meine Hobbys zu finanzieren. Ich treffe mich gerne mit meinen Kumpels. Die sind mir wichtig. Ich gehe auf Partys in den angesagten Clubs. Ich tanze für mein Leben gerne. Einfach ein bisschen chillen, gut drauf sein und die Zeit genießen."

„Und denkst du nicht an ein Morgen."

„Ja, auch, klar. Aber das ergibt sich von alleine. Vielleicht eine Frau und Kinder. Wer weiß. Ich habe noch viel Zeit."

Mein Gott, dachte Veronika. Wie jung Oliver und wie kurzsichtig er doch war. In ihrem Alter konnte man nicht mehr einfach so in den Tag hinein leben. Sie und Martin hatten Pläne und Ziele, auf die sie hinarbeiteten.

„Und du? Was machst du, wenn du nicht im Hotel als Aushilfe putzt?"

Veronika erzählte von ihrem Beruf als Kunstpädagogin und von ihren Bildern, die sie gerne in ihrer Freizeit malte. Die Beziehung zu Martin sparte sie aus. Oliver hörte gespannt zu. „Und um mir ein neues Auto kaufen zu können, brauche ich noch ein bisschen Extrageld, „log sie, „deswegen arbeite ich in meiner Freizeit hier."

„Das ist doch ein Plan", befand Oliver. Er nahm einen großen Schluck Wein.

Veronika versuchte nun das Gespräch auf Michael überzuleiten. Erschrocken begann sie: „Aber sag mal, Oliver, kurz bevor ich hier angefangen habe, da ist doch so etwas Schreckliches passiert, nicht? Regina hat mir davon erzählt?"

„Was meinst du?"

„Na, ein Fahrer, ein Kollege von dir, ist doch auf einer Geschäftsfahrt tödlich verunglückt!"

„Ah, ja, das stimmt."

„Kanntest du ihn näher?"

„Ach was. Der war total uninteressant. Mit dem konnte man sich nur langweilen. Da hast du nichts verpasst."

„Oh, das klingt aber nicht nett."

„Ich sag dir was, ganz im Ernst. Das war ein armer Teufel. Der hatte niemanden, keine Kumpel, keine Frau, keine Kinder. War immer alleine unterwegs. Ich glaube, er pflegte seine Mutter." Oliver begann zu lachen. „Ein Muttersöhnchen war das, ein Waschlappen!"

„Das ist ja tragisch!"

„Wie man es nimmt. Er hätte ja was aus sich machen können." Er nahm sein Handy heraus, während er weiter sprach: „Ich zeig dir mal was. Stell dir vor, letzten Herbst bei Halloween, da hatten sie vom Hotel eine kleine Party veranstaltet. Nur für die Belegschaft. Das machen die gerne, um die Arbeitsmoral hoch zu halten. Also, stell dir vor: Michael war sturzbetrunken, hat nur noch Müll erzählt und vor sich hin gelallt. Und dann, Moment, ich zeig´s dir gleich, ich muss es nur noch suchen, da hat er sich in die Hosen gepisst!" Oliver lachte schallend. „Verstehst du? Volle Kanne, alles klitschnass. Ich hab natürlich sofort ein Bild gemacht. Das ist echt krass!" Oliver zeigte ihr den Schnappschuss. Veronika war peinlich berührt, aber bevor sie etwas sagen konnte, klingelte Olivers Handy und der Name `Regina´ erschien auf dem Display. Veronika runzelte die Stirn. Sofort nahm Oliver das Handy zu sich und schaltete es wieder aus, ohne den Anruf entgegen zu nehmen. „So ein Depp", schloss er seine Geschichte.

Eine peinliche Pause entstand. Veronika fand es abstoßend, wie Oliver über Michael sprach. Dann wollte sie auf den Unfall und die Drogen zu sprechen kommen. Vielleicht wusste Oliver etwas davon: „Regina behauptete, dass er Drogen genommen hatte?"

„Drogen? Wohl kaum. Baldrian hat er genommen, das weiß ich. Und nur, weil ihm der Job zu stressig war. Stell dir das vor." Wieder konnte er ein Lachen nicht unterdrücken.

Baldrian, dachte Veronika. Ja, das würde eher zu diesem Michael passen, als Drogen, von dem, was sie bereits über ihn gehört hatte. Sie beließ es dabei, denn sie hatte den Eindruck, dass Oliver in diesem Moment nichts mehr Aufschlussreiches über Michael zu sagen hatte. Den restlichen Abend sprachen sie eher über belanglose Themen wie Musik und Sport oder seinen unverwechselbaren Stil, was Kleidung anbetraf. Andere Themen, wie das Hotel und seine Mitarbeiter, wurden im Gespräch nicht weiter angerissen bzw. gekonnt von Oliver abgewendet. Er war etwas selbstverliebt, dachte Veronika und er sprach gerne von sich. Ihre Aufgabe war, seine eindeutigen Avancen abzuschmettern, sich ihn aber dennoch warm zu halten. Vielleicht wollte sie zu einem späteren Zeitpunkt noch mehr über ihn und vor allem über Michael in Erfahrung bringen.

Nach langen zwei Stunden fuhr er sie zu ihrem Auto zurück. Er verabschiedete sich bei ihr gewohnt charmant. Seine Enttäuschung war ihm jedoch anzusehen, da er bei ihr an diesem Abend klein Glück gehabt hatte.

Zuhause berichtete Veronika von dem ereignisreichen Tag im Hotel. Von dem Zusammentreffen mit Madelaine und Enes, von Regina und natürlich vom nicht enden wollenden Treffen mit Oliver. Martin hörte gebannt zu und schloss ihren Bericht mit der Aussage: „Das klingt alles sehr interessant. Das hast du prima gemacht. Ich bin stolz auf dich."

6

Martin und Veronika standen warm angezogen mit Wollmützen und Handschuhen an der großen Weihnachtspyramide auf dem Weihnachtsmarkt in Bruchsal. Der Glühwein wärmte sie von innen. Wie es Frau Hainsberger gewünscht hatte, hatten sie sich mit Rudolf auf ein Treffen verabredet. Dieser war jedoch noch nicht erschienen.

„Ich bin gespannt auf Rudolf", sagte Veronika und nahm einen Schluck vom heißen Glühwein. „Ihm muss es auch nachgegangen sein seinen einzigen Cousin verloren zu haben."

„Ja, das glaube ich auch", bestätigte Martin und untermalte seine Aussage mit einem heftigen Kopfzucken. „Einen glücklichen Eindruck hatte er das letzte Mal nicht gemacht. Wahrscheinlich liegt das daran, dass er gerade eine schwere Zeit durchmacht."

„Was meinst du damit?"

„Seine Frau muss ihn kürzlich mit den beiden Kindern verlassen haben."

„Wie kommst du denn darauf? Hat er das erzählt?"

„Nein, aber ist dir das nicht aufgefallen? An der Beerdigung verabschiedete sich seine Frau von uns und sie sah ihn nicht an, obwohl er neben uns stand. Ihm war das sehr unangenehm. Ja, er bat sie förmlich, noch ein bisschen zu bleiben. Aber dann nahm sie ihre Kinder und ging. Er blickte ihr sehnsuchtsvoll nach und fiel anschließend gänzlich in sich zusammen. Armer Mann."

„Stimmt, daran erinnere ich mich auch. Du hast Recht, sie muss ihn verlassen haben." Mit trauriger Stimme fuhr sie fort: „Und jetzt ist er ganz alleine."

„Er hat noch seine Tante, die er pflegt."

„Das ist aber nur ein kleiner Trost", beschloss Veronika.

In diesem Augenblick kam Rudolf zum verabredeten Treffpunkt. Er entschuldigte sich für sein Zuspätkommen und machte den regen Wochenendverkehr auf der Autobahn dafür verantwortlich. Auf Empfehlung von Veronika holte er sich ein Glas Glühwein mit einem Schuss Amaretto. Als die drei wieder zusammen standen, bedankte er sich für die freundliche Einladung.

„Nichts zu danken", Martin winkte ab. „Ich fand die Idee deiner Tante sehr gut. Und ein Tapetenwechsel tut dir bestimmt auch gut."

Rudolf nickte: „Ja, aber ganz bestimmt. Zu Hause fällt mir die Decke auf den Kopf. Und meine Tante erzählt auch immer die gleichen Geschichten."

„Wie geht es ihr denn?", wollte Martin wissen.

„Sie baut Tag für Tag ab. Seitdem Michael gestorben ist, ist sie nur noch ein Schatten ihrer selbst. `Mich hätte es treffen sollen, nicht ihn. Das ist doch falsch! Er war noch nicht dran´ sagt sie ständig. Und dann weiß ich nicht, wie ich ihr helfen kann. Ich kann ihr keinen Trost spenden. Es ist furchtbar, was geschehen ist."

Ja, da hast du Recht. Diese Last kann ihr niemand nehmen." Die drei schauten sich betreten an.

„Und dir? Wie ist es dir die letzten Tage ergangen?", wollte Martin wissen.

„Mir geht es soweit gut, danke." Rudolf versuchte zu lächeln, aber seine Augen verrieten, dass es ihm nicht gut ging. Veronika verstand sofort, strich ihm über den Arm und sagte mit sanfter Stimme: „Wenn du jemanden zum Reden brauchst, dann kannst du dich jederzeit an uns wenden, ja?"

„Ja, danke euch beiden." Er seufzte kurz und blickte traurig zu Boden. Nach einer langen Pause, in der er äußerlich gefasst ausschaute, aber innerlich heftige Emotionen zu durchleben schien, begann er zögerlich mit rot unterlaufenen Augen: „Es ist nur so: Carla, meine Frau und ich, wir sind jetzt 16 Jahre verheiratet. Wir waren immer glücklich zusammen. Zumindest war ich es und ich glaubte, sie war es auch. Aber dann wurde es irgendwie immer komplizierter. Alles, was zuvor so einfach war, schien auf einmal unendlich schwer zu sein. Schließlich sagte sie mir, dass sie mich nicht mehr liebt und vor drei Monaten hat sie mich verlassen. An einem Sonntagmorgen ging sie und nahm meine beiden Kinder mit. Sie lebt jetzt wieder bei ihren Eltern. Ich weiß nicht, wie ich das überstehen soll. Sie fehlen mir so sehr." Rudolf liefen Tränen über die Wange, die er verlegen wegwischte.

Martin war überrascht von Rudolfs Offenheit. Die Stimmung zwischen den Dreien wurde dadurch plötzlich verbindlich und intim: „Ich weiß, einen geliebten Menschen zu verlieren und Liebeskummer zu erleiden, das ist eines der schlimmsten Gefühle, die es gibt. Da kann dir leider niemand einen Rat geben, wie man damit umgehen sollte. Und niemand kann dir helfen. So dumm und abgedroschen es auch klingen mag, aber du wirst sehen, die Zeit heilt deine Wunden und irgendwann tut es nicht mehr weh."

Veronika nickte bestätigend. „Du musst versuchen dich abzulenken. Beschäftige dich mit anderen Dingen, die dir Spaß machen. Hast du denn ein Hobby?"

„Ich spiele gerne Spiele. Poker zum Beispiel oder Roulette, das finde ich auch toll."

Veronika blickte Martin an. Dieser nickte bestätigend. „Ja, gut. Dann können wir uns einmal treffen und Spiele miteinander spielen, wenn du das magst."

„Ja, das würde mich sehr freuen. Ihr beiden seid wirklich nett." Es entstand wieder eine Pause, in der die drei ihren Glühwein austranken. Veronika bot sich an, noch eine Runde zu spendieren. Rudolf wollte für alle drei Waffeln besorgen. So blieb Martin in Gedanken versunken alleine stehen. Ab und an zuckte fast unmerklich sein Kopf. Als sie wieder zusammen standen und sie sich die Waffeln schmecken ließen, fragte Rudolf in die Runde: „Wer hat Michael nur umgebracht?"

Martin blickte auf: „Wie kommst du denn darauf, dass ihn jemand umgebracht hat?"

„Na, die Polizei sagte, Michael habe Drogen genommen. Aber ich kann mir beim besten Willen nicht vorstellen, dass Michael wirklich Drogen konsumiert hat. Das passt so gar nicht zu ihm."

„Aber ist es eine Tatsache, dass er daran gestorben ist? Dass die Drogen die Todesursache waren?"

„Ja, so sagt es die Polizei."

„Ich verstehe. Dann meinst du, irgendjemand hat ihm diese Drogen absichtlich verabreicht?"

„Ja, das meine ich. So muss es gewesen sein."

„Aber wer sollte das gemacht haben? Gab es deiner Meinung nach jemanden in seinem Umfeld, der dazu fähig gewesen ist, ihn damit zu töten?"

Rudolf überlegte. „Nein, ich kenne niemanden. Ich kann mir nicht vorstellen, dass jemand in seinem Umfeld so grausam war. Aber…"

„Ja?" Martin horchte auf.

„Aber es ging ihm schon seit Längerem nicht gut. Das kann ich bezeugen. Und einmal erzählte er mir, dass er Stress auf der Arbeit hatte. Irgendjemand war ihm dort nicht wohl gesonnen. Er hatte Angst."

„Hast du eine Ahnung, wer das gewesen sein konnte?"

„Nein, tut mir leid. Namen hatte er keine genannt. Aber irgendetwas stimmte da nicht."

Veronika blickte Martin an: „Ich werde meine Augen offen halten", sagte sie schließlich.

„Wie meinst du das?", fragte Rudolf irritiert.

Martin kniff Veronika in den Arm. Rudolf wusste ja nichts von deren Unternehmungen, im Hotel nach verdächtigen Aktivitäten Ausschau zu halten. Er hatte vorgehabt, niemanden davon zu erzählen. Und jetzt hatte sich Veronika versprochen. Allein durch diese

78

kleine Bemerkung musste Rudolf wissen, dass sie sich mit dem Hotel beschäftigten. Solle er nun Rudolf einweihen? War das klug? Oder solle er einfach darüber hinweg die Bemerkung ignorieren? Nach einem kurzen Zögern beschloss Martin, Rudolf einzuweihen. Vielleicht könne er einmal behilflich sein. Und vielleicht könne er wichtige Hinweise über Michael liefern. Er erklärte ganz selbstverständlich: „Veronika arbeitet seit einer Woche auf 450 €-Basis im Svenson-Hotel."

Rudolfs Augen weiteten sich. Er verstand aber nicht, wieso Veronika dort arbeitete. „Ist das jetzt ein Zufall? Oder wieso arbeitest du gerade dort?"

„Nein, das ist kein Zufall", erklärte Martin. „Sie sucht dort nach verdächtigen Machenschaften oder Mitarbeitern. Weißt du, uns kam es auch so vor, dass der Unfall nicht mit rechten Dingen vor sich ging. Irgendetwas stimmte nicht. Und so beschlossen wir, Veronika und ich, uns im Hotel umzuschauen, ob es dort vielleicht Motive gibt, die einen eventuellen Mord an Michael erklären könnten."

„Ihr sucht einen Verdächtigen, einen Mörder?"

Martin nickte.

„Und seid ihr schon fündig geworden?"

„Nein, noch nicht. Aber Veronika hat schon viele der Mitarbeiter kennen gelernt. Wenn es dort Ungereimtheiten gibt, dann wird sie es herausfinden. Da bin ich mir ganz sicher."

In plötzlicher Erregung fragte Rudolf: „Kann ich euch bei der Suche irgendwie behilflich sein?"

„Wir kommen auf dich zurück, wenn wir jemanden brauchen, ja? Versprochen."

Rudolf machte einen wachen Eindruck. In seinem Kopf arbeitete es, was Martin und Veronika sogleich bemerkten. Vielleicht wäre es wirklich gut für Rudolf, wenn sie ihn mit einbeziehen würden, dachte Martin, das würde ihn von seinem Kummer ablenken und er hätte wieder eine Aufgabe.

7

Martin und Veronika saßen mit Klaus, Jürgen und Vanessa zusammen am reichlich gedeckten Weihnachtstisch. Jürgen hatte nicht zu viel versprochen, damals, als er Martin am Telefon von dem köstlichen Weihnachtsmenü erzählt hatte. Vanessa hatte sich selbst übertroffen: Als Vorspeise gab es Schwarzwurzelsalat mit Saiblingstatar. Gerade die Mischung aus saurer

Zitrone und süßem Ahornsirup machte den Salat unwiderstehlich. Der Hauptgang bestand aus Gans mit Kürbis, Bratäpfeln und Mohnwickelklößen. Zuletzt wurde eine Orangencreme mit Zitruskompott zusammen mit Kaffee serviert. Nachdem die letzten Teller und Platten abgetragen waren und es allen wohlig zumute war, begann der andächtigere und gemütliche Teil des Heiligabends. Sie setzten sich um den großen Couchtisch herum, neben den voll beleuchteten und mit Strohsternen geschmückten Weihnachtsbaum, und stießen mit Prosecco auf Weihnachten an. Neben einem warmen Gefühl der Liebe und der Nähe, überkam Martin auch eine Art Melancholie. Seine Mutter fehlte ihm und gerade jetzt am Fest der Liebe und der Familie noch mehr. Ihm wurde der Verlust schmerzlich bewusst. Es war so, als fühlte sein Vater ebenso. Seine Augen verrieten seine tiefe Traurigkeit. Nach außen hin zeigte er es aber nicht.

Nun wurde das Evangelium vorgelesen. Die Weihnachtsgeschichte von der Geburt Jesu zu hören, rief Martins Kindheitserinnerungen wach. Er war feierlich gerührt. Außerdem war es ihm wichtig sich durch die Geschichte bewusst zu machen, weshalb man eigentlich Weihnachten feiert. Zu viele Menschen vergaßen den eigentlichen Sinn, was Martin auch traurig machte. Dieses Jahr übernahm Jürgen die Aufgabe des Vorlesers. Die anderen lauschten nachdenklich. Danach war es immer Brauch bei den Fennbergs, miteinander Hausmusik zu machen und so spielte Klaus Gitarre, Martin Flöte und die anderen durften dazu die klassischen Weihnachtslieder singen. Da nicht alle gesanglich begabt waren, hörten sich die Lieder nicht immer unbedingt schön, sondern manchmal auch etwas schräg an, was einen schon einmal zum Lachen bringen konnte. Freude empfanden jedoch alle dabei und der Prosecco lockerte die Stimmung und die Kehlen. Anschließend legte Martin eine wunderschöne Weihnachts-CD auf: 'Weihnachten in Vienna' mit Placido Domingo und José Carreras. Die Bescherung fand immer danach statt. Martin kam ganz dicht an Veronika heran und hielt einen großen Umschlag in der Hand: „Ich weiß, dass wir erst übermorgen unser Fünfjähriges haben, aber trotzdem möchte ich dir jetzt schon mein Geschenk überreichen. Es ist sozusagen ein großes Geschenk von mir für dich."

Veronika öffnete den Umschlag und las den darin liegenden Brief. Martin lud sie zu einem romantischen Wochenende nach Paris ein. Sie strahlte ihn an und küsste ihn sanft: „Ich danke dir, mein Lieber. Darüber freue ich mich sehr. Damit hätte ich nicht gerechnet. Das ist doch viel zu teuer!"

„Aber nein. Über Geld reden wir an Weihnachten nicht. Eigentlich wollte ich dir ein besonderes Schmuckstück schenken, aber dann entschied ich mich doch für eine gemeinsame Reise." Er küsste sie zurück und flüsterte, was ihm nur ganz selten über die Lippen kam: „Ich liebe dich."

„Ich liebe dich auch. Und hier ist mein Geschenk für dich."

Er öffnete ebenfalls einen großen Umschlag, in dem ein Ticket lag.

„Du gehst doch so gerne ins Theater und klagst oftmals darüber, dass du dich nicht aufraffen kannst, es auch wirklich zu tun. Da dachte ich mir, ich schenke dir ein Theater-Abo, dann `musst´ du hingehen und hast keine Ausrede mehr. Ich komme natürlich auch mit." Martin war glücklich. Er liebte Theater und die Oper.

Auch die anderen Geschenke wurden gegenseitig überreicht und alle waren sehr zufrieden.

Um 22 Uhr begann die Christmette in der katholischen Kirche in Ettlingen Stadt. Das Hochamt mit drei Pfarrern und etwa fünfundzwanzig Ministranten war sehr feierlich. Ein Kirchenchor sang im Wechsel mit der Gemeinde die schönen Weihnachtslieder. Nach der Kommunion kniete Klaus und betete. Er begann bitterlich zu weinen. Veronika beobachtete ihn mitfühlend. Dann plötzlich hob sie ihren Kopf. Sie schien sich an etwas Wichtiges zu erinnern.

Als Martin und Veronika an diesem Abend gegen zwei Uhr nachts ins Bett gingen, sagte Veronika: „Martin, mir ist etwas eingefallen. Ich weiß nicht, ob es wichtig ist. Aber als ich deinen Vater in der Kirche weinen sah, da kam mir plötzlich in den Sinn, wo ich schon einmal zuvor Madelaines Gesicht gesehen habe."

„Ja? Wo denn?"

„Sie war bei der Beerdigung von Michael. Sie stand ganz abseits. Und auch sie weinte bitterlich."

„Oh", Martin sah Veronika gedankenvoll an.

„Ich dachte mir, dass es irgendetwas zu bedeuten hat. Gute Nacht." Sie küsste ihn und machte das Licht aus.

Martin lag noch eine ganze Weile lang wach. Erst gegen halb vier schlief er zufrieden ein.

Veronika sollte am ersten Weihnachtsfeiertag bereits um fünfzehn Uhr im Hotel anfangen zu arbeiten. Dieses Mal waren die Zimmer im Erdgeschoss zu reinigen. Sie lief gemeinsam mit Regina den langen Flur entlang, vorbei an den Büros und den Konferenzräumen. Regina war ganz aufgeregt, da heute Herr Svenson persönlich das Hotel begutachten sollte. Alles musste penibel sauber gemacht und aufgeräumt werden. Beiläufig erwähnte Veronika: „Ich war letztens mit Oliver etwas trinken. Er zeigte mir ein kleines schönes Restaurant in Heidelberg."

„Ja?", Regina schien etwas nervös zu werden.

„Ja, ich finde ihn eigentlich ganz nett."

„Aha", sie versuchte gerade ihren Schlüssel in ein Zimmerschloss zu stecken, aber es gelang ihr nicht auf Anhieb. Hektisch versuchte sie es noch ein zweites Mal und öffnete anschließend die Türe. „Du, ….lass lieber die Finger von Oliver. Ich kann dir Geschichten erzählen; da würdest du nur so staunen!"

„Ja?"

„Oh, ja. Er ist überhaupt nicht zuverlässig und ein äußerst windiger Typ. Außerdem ist er doch viel zu jung, nicht?" Sie lachte kurz.

Veronika sagte nichts darauf. Sie lächelte Regina an und nickte leicht. Nachdem beide gemeinsam das erste Zimmer gereinigt hatten und Veronika genügend eingewiesen war, trennten sie sich und jeder putzte nun allein weiter. Veronika lief den Gang entlang zu dem nächsten Zimmer, als sie die Stimme von Enes aus einem der Konferenzräume erklingen hörte. Sie klang scharf und streng. Veronika blickte sich im Gang um und als sie sicher war, dass niemand sonst da war, entschied sie sich, das Gespräch zu belauschen.

„Neun Gäste am heutigen Tag, das ist entschieden zu wenig! So könnt ihr nicht weiterarbeiten, wenn man das denn überhaupt Arbeit nennen kann?! Wenn sich die Anzahl der Interessenten nicht bis Neujahr erhöht, dann garantiere ich für nichts!" Mit einer veränderten und herablassenden Stimme fuhr er fort: „Ich seid doch angewiesen auf den Job, also, dann hängt euch rein. Ich sehe mich sonst gezwungen, euch zu kündigen, fristlos, und was macht ihr dann? Ohne Ausbildung? Euch nimmt doch niemand mehr! Bitte, wer will euch denn sonst haben?"

Es herrschte Schweigen im Raum. Niemand gab eine Antwort.

„Also dann, haben wir uns verstanden? Mindestens zwanzig Interessenten am Tag. Leute mit gutem Grundeinkommen, ab Mitte dreißig. Das ist das Minimum, klar? Und wenn ihr den ganzen Tag da draußen steht, ist mir das vollkommen egal. Was für mich zählt, sind die Zahlen."

Veronika wagte sich, durch den Spalt ins Zimmer zu spähen. Enes stand in der Mitte und um ihn herum saßen drei Paare mit gesenktem Kopf. Die Stimmung war angespannt. Dann sah sie, wie er ein Pärchen zu sich heran winkte. Mit veränderter, freundlicher Stimme redete er weiter: „Und jetzt komme ich zu Denise und Frederik. Ihr beide seid meine Retter. Ihr habt anders als ihr Versager", er zeigte auf die Übrigen, „heute achtundzwanzig Interessenten angesprochen und herbeigebracht, von denen sich sechs für zehn Jahre eingekauft haben. Das ist ein sehr guter Wert. Herzlichen Dank. Ihr bekommt von mir eine kleine Prämie dafür. Jeder erhält einhundert Euro zusätzlich in Bar. Sehr gut. Das macht mich sehr glücklich!"

Die beiden nahmen die Umschläge mit dem Geld dankend an. Veronika konnte nicht fassen, was sie eben gesehen hatte. Gerade als sie im Begriff war, sich umzudrehen, um sich auf den Weg in das nächste Zimmer zu machen, blickte sie in Rogers Augen, der dicht hinter ihr stand.

„Oh", entglitt ihr.

Roger sah ihr intensiv in die Augen. Leise begann er „Was suchst du hier? Solltest du nicht schon längst bei der Arbeit sein?"

„Ja, entschuldigen Sie bitte", stammelte sie. „Ich dachte, dass ich auch dieses Konferenzzimmer putzen sollte, aber als ich gesehen hatte, dass gerade noch jemand drin war, wollte ich draußen warten. Und…"

„Ich hoffe, dass das ein Einzelfall war und nie mehr vorkommen wird?"

„Aber natürlich, es tut mir leid, ich wollte nichts falsch machen." Sie senkte ihren Blick. Roger überlegte einen kurzen Moment. Dann lief er weiter und ließ sie alleine. Veronika atmete tief durch.

Enes und die sechs Mitarbeiter verließen den Konferenzraum. Nach einer kurzen, förmlichen Verabschiedung blieb Enes alleine zurück. Veronika ging langsam den Gang entlang, als sie sich umdrehte und sah, wie Enes sein Handy nahm und eine Nummer wählte. „Ja Liebling, ich bin es", hörte sie seine Stimme. „Der Termin war anstrengend, aber ich denke, sie haben verstanden. Alles wird gut. Und wie geht es dir? …. Das klingt sehr gut, da freue ich mich für dich. Und Liebling, hör mal, was ich noch erzählen wollte….was ist mit dir? Schatz, bist du noch dran? …. Hallo?" Enes schien plötzlich sehr aufgeregt zu sein. „Oh, ja, dann setz dich für einen Augenblick hin und ruhe dich aus. Atme tief ein und aus. Soll ich schnell vorbeikommen? Oder einen Arzt rufen? ….Ok, gut, und du bist dir ganz sicher? Gut. … Ja, ich denke auch dass es die Aufregung ist. Svenson kommt heute Abend und wir alle sind sehr angespannt. Dann sehen wir uns später? Dann erzähle ich dir die Geschichte. Prima. Ich liebe dich, hörst du? Bis später." Er legte auf und blieb einen Moment stehen. Dann lief er weiter und ging in sein Büro.

Gegen achtzehn Uhr war Veronika fertig mit ihrer Arbeit. Sie räumte ihre Putzutensilien auf und zog sich um. Im Hinausgehen sah sie Roger mit einem glatzköpfigen Mann in der Halle stehen und sich ausgelassen miteinander unterhalten. Der Glatzkopf hatte auffallend weiße Zähne und lachte laut. Schließlich schüttelten sich beide die Hände und fast unmerklich wechselte ein dicker Briefumschlag seinen Besitzer. Die beiden bemerkten nicht, dass sie von Veronika beobachtete wurden. Roger ging wieder in den hinteren Bereich der Rezeption zurück und der Glatzkopf zufrieden in eines der Büros. Veronika verließ das Hotel durch die große Drehtür, stieg in ihr Auto und fuhr nach Hause.

Am nächsten Tag saßen Martin und Veronika zusammen bei ihrem Lieblingsgriechen in der Südweststadt Karlsruhes. Sie stießen mit einem Glas Sekt an.

„Ich danke dir für die letzten fünf Jahre, mein Liebling", sagte Martin zu ihr. „Du bist für mich der wichtigste Mensch geworden. Ich bin sehr glücklich."

„Mir geht es genauso. Ich finde, wir ergänzen uns sehr gut. Und wir beide haben schon so viel gemeinsam erlebt, was uns verbindet."

„Ich lerne viel von dir und du hast mein Leben nachhaltig geprägt und verändert." Beide küssten sich innig.

„Was meinst du? Ich hoffe nicht zum Schlechteren?"

„Nein, nur zum Guten. Ich spreche zum Beispiel von meinem Tourette. In der Zeit, als ich dich kennen gelernt hatte, da hatte ich sehr viele Zuckungen und ich war immer angespannt. Aber für mich war das ok. Ich nahm meine Krankheit an und ging so souverän damit um, wie ich es damals konnte. Beruflich hatte ich keine Einschränkungen und mein Umfeld ging immer vorbildlich damit um."

„Ja, ich erinnere mich gut."

„Aber dann kamst du auf die Idee, dass ich mich einem Arzt anvertrauen sollte. Du fandst im Internet die `Tourette Gesellschaft Deutschland´ und gabst mir anschließend die Adresse eines Facharztes in Heidelberg, der sich auf Tourette spezialisiert hatte. Und so kam es, dass ich mit der Therapie anfing und ich wusste damals noch nicht, wie einschneidend das mein Leben verändern sollte. Ich weiß, es wird nie ganz weggehen, aber die Tics haben sich bis auf ein Minimum verringert und ich habe ein ganz neues Selbstbewusstsein erlangt, das ich mir nie zu träumen wagte. Dafür bin ich dir sehr dankbar. Es ist so, dass ich nicht mehr jede Sekunde an meine Tics denke. Die Leute schauen mich nicht mehr mitleidig an. Ich bin viel freier geworden."

Veronika lächelte ihn liebevoll an: „Das macht mich sehr froh. Ich finde auch, dass du dich verändert hast. Früher hast du dich entschuldigt für deine Tics und warst unsicher und reserviert. Heute bist du viel entspannter."

In dem Moment wurde das Essen serviert. Veronika bekam einen großen Griechischen Salat und einen gebackenen Schafskäse, Martin Bifteki mit Reis und einem gemischten Salat. Genüsslich begannen beide zu essen.

„Ich habe sehr viel nachgedacht über das, was du mir vom Hotel berichtet hast", begann Martin.

„An was denkst du genau?"

„Ich dachte über Madelaine nach. Ist dir da nicht etwas aufgefallen?"

Veronika zuckte mit den Schultern. „Hm, ja, sie ist aufgeregt und in letzter Zeit gesundheitlich etwas angeschlagen."

„Richtig", Martin hob seinen Zeigefinger, „aber ich glaube nicht, dass sie wirklich aufgeregt ist. Zumindest nicht wegen dem Besuch von Svenson. Wie ist der überhaupt verlaufen?"

„Ich habe nichts weiter mitbekommen. Svenson kam erst ins Hotel, als ich schon fertig war."

„Ok, ich bin gespannt, was sie morgen davon berichten werden."

„Ich werde Regina danach fragen."

Martin blickte Veronika an und flüsterte: „Ich denke, dass Madelaine nicht krank, sondern schwanger ist." Veronika blickte auf. „Du erzähltest von Krämpfen und Schwindel. Das würde passen."

Veronikas Augen weiteten sich. „Oh, daran hatte ich gar nicht gedacht. Das ist ja ein freudiges Ereignis." Sie war sichtlich erfreut. „Wahrscheinlich will sie es erst einmal geheim halten, bis sie im vierten Monat ist und sie sicher sein kann, dass das Kind gesund ist und sie es behalten kann."

„Vielleicht."

„Oh, da wird sich Enes aber freuen."

„Ja, vielleicht."

Beide aßen gedankenvoll weiter.

„Ich habe im Internet geforscht und bin auf Erstaunliches gestoßen", berichtete Martin. „Das, was im Hotel betrieben wird, nennt man `Timesharing´."

Veronika horchte auf: „Timesharing? Davon habe ich noch nie etwas gehört. Was bedeutet das?"

„Beim Timesharing erkaufst du dir das Recht eine bestimmte Zeit in einem bestimmten Hotel zu verbringen. Sagen wir, du bezahlst 20 000 Euro dafür, dass du zehn Jahre lang eine Woche im Jahr in dem Hotel Urlaub machen kannst. Egal wann."

Veronika zog ihre Augenbrauen zusammen. „Hm, das klingt aber irgendwie teuer."

„Wenn du das herunterrechnest, dann sind das etwa 2000 Euro für jede Woche Urlaub. Dafür bekommst du eine große intakte Hotelanlage mit allem möglichen Luxus."

„Ja, das Hotel ist schon toll, aber man muss sich binden. Und das für so eine lange Zeit. Wer macht das denn?"

Martin winkte ab: „Du würdest dich wundern, wie viele Leute so etwas tun. Da gibt es ganz verschiede Angebote. Du kannst dich für fünf, zehn, zwanzig Jahre einkaufen, ja sogar für eine Lebensspanne."

„Aber das ist ja Quatsch. Wer weiß, wie lange man lebt?"

Martin schüttelte den Kopf: „Den Kauferwerb kann man vererben, das ist kein Problem."

„Und was passiert überhaupt, wenn das Hotel insolvent wird? Wer versichert denn, dass das Hotel noch weitere zehn Jahre besteht?"

„Genau das ist der Punkt. Das denke ich auch. Timesharing wird oft so praktiziert, dass die Kunden auf der Straße beworben und mit dubiosen Versprechungen in ein Hotel gebracht werden. So, wie es mir auch erging. Die Kunden können nur nachdem sie das Hotel besichtigt haben, das Hotel buchen. Es gibt keine andere Möglichkeit, es sei denn man kommt nochmals dort hin und lässt es sich nochmals zeigen. Dann werden dem Kunden Rechenexempel veranstaltet, die zeigen, dass es durchaus lukrativ ist, gleich zuzuschnappen. So kommt es, dass viele, total überrumpelt, gleich einen bindenden Vertrag unterschreiben."

„Da ist ja übel."

„Diese Firmen befürchten nichts so sehr, wie, wenn ein Kunde, nachdem er wieder bei Sinnen ist, gerichtlich gegen den Vertragsabschluss klagt."

„Ja, das kann ich mir vorstellen. Aber ist das alles legal?"

„Soweit ich das überblicke, ist das alles legal. Das einzige, was ich im Internet bei Stiftung Warentest gefunden habe, ist, dass bei Vertragsabschluss des Öfteren verheimlicht wird, dass noch weitere, ungeahnte

Folgekosten auf die Gäste zukommen. Und ganz nebenbei: Die Art und Weise, potentielle Gäste herbeizuschaffen, oftmals durch Drückerkolonnen, ist äußerst fragwürdig."

„Das kannst du aber laut sagen." Eine Pause entstand. „Gestern erst habe ich belauschen können, wie diese armen Mitarbeiter behandelt werden. Das ist reiner Psychoterror! Die Mitarbeiter, die Glück gehabt und viele Gäste herangekarrt haben, die werden gelobt und belohnt und die anderen, die Pech gehabt und nicht das Pensum geschafft haben, denen wird Druck gemacht und mit Rausschmiss gedroht."

„Das ist ja genau das Typische an den Drückerkolonnen. Oftmals haben die Mitarbeiter keine anderen Chancen mehr. Das ist wie ein Teufelskreis, den sie aus eigener Kraft nicht durchbrechen können. Aber beweisen kann man das ganz schlecht." Martin winkte ab.

Veronikas Augen flackerten: „Irgendetwas stimmt da nicht und ich werde alles daran setzen, es herauszufinden."

„Das wirst du, aber sei vorsichtig bitte. Ein Mord ist geschehen."

8

Veronika und Martin standen vor der Tür eines großen Hauses in Heidelberg Ziegelhausen und klingelten. Wie verabredet, wollten sie heute Abend mit Rudolf zusammen einen Spieleabend veranstalten. Sie hatten eine Auswahl an Spielen sowie eine Flasche trockenen Rotwein mitgebracht. Die Tür öffnete sich und Rudolf bat die beiden herein. Das Haus machte einen veralteten Eindruck auf die beiden. Überall waren die Decken mit braunem Holz verkleidet und schwere, massive, eichenfarbene Möbel verstellten die Wände und Ecken der Zimmer. Es schien so, als sei seit den achtziger Jahren nichts mehr modernisiert worden. An manchen Stellen schienen Möbelstücke zu fehlen. Auch an den Wänden konnte man den Abdruck von Bildern erkennen, die offenbar vor kurzem abgehängt worden waren. Rudolf führte Veronika und Martin ins Wohnzimmer. Auf dem Tisch waren bereits Getränke, Salzstangen und Chips gerichtet.

„Es ist schön", begann Rudolf, „dass ihr es geschafft habt, mich zu besuchen. Gerade jetzt zwischen den Jahren haben die meisten viel zu tun und keine Zeit für so etwas Belangloses wie einen Spieleabend."

„Wir spielen sehr gerne und oft mit Freunden", erklärte Veronika. „Für uns ist ein Spieleabend keine Belanglosigkeit."

Martin unterstrich ihre Aussage mit einem fast unmerklichen Kopfzucken.

„Gut, sehr schön. Auf was habt ihr denn Lust?"

„Ich spiele für mein Leben gerne Karten", sagte Martin. „Unser Lieblingskartenspiel ist Doppelkopf. Aber leider sind wir nur zu dritt. Für Doppelkopf bräuchten wir einen vierten Mitspieler."

„Canasta finden wir auch toll", schlug Veronika vor.

„Das kann ich leider nicht. Aber ich habe ein Uno-Spiel hier, wie wäre das? Das ist ein klassisches und sehr kurzweiliges Spiel. So zum Aufwärmen?"

Veronika und Martin stimmten ein. Rudolf schenkte jedem ein Glas Wein ein und erklärte dabei nochmals die Regeln. Als besonderen Anreiz schlug er vor eine Kasse aufzumachen und um einen kleinen Betrag Geld zu spielen. Die Verlierer sollten pro verlorenes Spiel jeweils einen Euro in die Kasse legen und der Sieger würde dann am Ende der Spiele das Geld bekommen. Martin war diese Idee nicht so Recht. Um Geld hatte er noch nie gespielt, aber er wollte kein Spielverderber sein, da er bemerkte, dass es Rudolf wohl auf diese Art sehr viel Vergnügen bereitete. „Und als weitere Besonderheit schlage ich vor, dass derjenige, der verpasst seine Karte zu legen, ebenfalls einen Euro zu zahlen hat." Rudolfs Augen strahlten. Es schien so, als ob er regelrecht aufblühte, wenn es ums Spielen ging. Veronika hatte gemischte Gefühle dabei, stimmte aber zu und teilte als erste aus. Das Spiel nahm an Fahrt auf, denn jeder, der die identische Karte zur Karte auf dem Stapel hatte, durfte dazwischen schmeißen, auch wenn er nicht dran war. Rudolf schien sehr viel Glück zu haben. Ihm gelang es als erster, seine sieben Karten abzulegen, ohne viele Karten aufnehmen zu müssen. Er freute sich sehr über seinen ersten Sieg. Veronika und Martin wollten gerade nachsehen, ob sie Kleingeld hätten, da kam Rudolf mit einem kleinen Köfferchen, das voll mit Wechselgeld war. „Ihr könnt euer Geld bei mir kleinmachen", sagte er.

„Du scheinst ja gut vorbereitet zu sein", befand Martin.

Rudolf errötete etwas: „Ja, das stimmt, ich spiele für mein Leben gerne und oftmals auch um Geld. Aber das sind ja nur kleine Beträge. Wenn man öfter spielt, dann kann man ja mit dem Erlös Essen gehen. So habe ich es früher oft mit Freunden gemacht."

Veronika und Martin verstanden und sogleich wechselte jeder einen Zehneuroschein. Die zweite Runde begann. Martin war dieses Mal der Glückliche. Eine Plus-vier-

Karte vereitelte Rudolfs Sieg und so konnte er gewinnen. Veronika gab widerwillig ihren zweiten Euro in die Kasse. Rudolf musste ebenso zahlen.

Nach eineinhalb Stunden waren die drei immer noch dabei Uno zu spielen. Das Spiel, das eigentlich nur als `Aufwärmer´ gedacht war, wurde zum Hauptspiel. Veronika hatte sich nach anfänglichem Pech als Glückspilz herausgestellt. Ihre Reaktionsschnelligkeit war unvergleichbar und anscheinend hatte sie immer wieder die richtige Karte parat. Martin empfand Bewunderung für Veronika und es machte ihm Spaß, ihr beim Gewinnen zuzusehen. Rudolf hingegen konnte das nicht so einfach hinnehmen. Die anfängliche Leichtigkeit hatte er verloren. Verbissen kämpfte er um jede Karte und immer dann, wenn er welche zusätzlich aufnehmen musste, gab er ein missmutiges Geräusch von sich. Wenn er ein Spiel verloren hatte, ärgerte er sich lautstark und es schien im sehr wichtig zu sein, es wieder aufs Neue zu probieren. Immer und immer wieder wollte er den Spielverlauf verlängern in der Hoffnung, dass sich seine Pechsträhne in eine Glückssträhne verwandelte. Anfangs fand Veronika seine Reaktionen noch amüsant, aber je länger das Spiel andauerte, umso mehr Unverständnis hatte sie für sein Gehabe. Schließlich beendete Martin das Spiel. Er hatte ebenso genug davon. Sie wollten einen vergnügten

Spieleabend verbringen und nicht über Kartenblätter streiten und durch das Spiel schlechte Laune bekommen.

„Ist das wirklich ok für dich, wenn wir es bei diesem Spiel belassen?", fragte Martin.

„Ja, ja, das ist in Ordnung." Rudolf nahm die Karten und seinen Geldkoffer und räumte diese auf. „Es tut mir leid. Ich wollte nicht...die Pferde sind mit mir durchgegangen."

„Wir brauchen darüber nicht zu sprechen", befand Veronika. „Das nächste Mal reißen wir uns alle ein bisschen mehr zusammen und um Geld spielen, nein, das muss ja nicht sein."

„Du spielst gerne um Geld, Rudolf. Das ist dir wichtig, nicht?"

„Ja, das stimmt, das macht für mich den Reiz des Spiels aus." Seine Augen leuchteten auf. „Eine Weile lang bin ich... Nein, das ist jetzt nicht so wichtig. Ja, ich spiele für mein Leben gerne."

Martin schaute Rudolf nachdenklich an. Veronika nahm einen großen Schluck Wein. Die drei saßen einen Moment stumm um den Tisch herum.

„Wie geht es im Hotel voran?", wechselte Rudolf das Thema.

Veronika blickte Martin an und begann dann frei zu erzählen: „Ja, das ist sehr spannend. Wir haben herausgefunden, dass Madelaine, meine vorgesetzte Chefin, schwanger ist."

Rudolf blickte erstaunt: „Ah, das ist ja eine schöne Nachricht."

„Ja, aber sie verheimlicht es noch, es weiß noch niemand im Hotel. Und dann scheinen merkwürdige Dinge von statten zu gehen. Ich habe einiges herausgefunden: Die Arbeitsbedingungen sind für einige Mitarbeiter unzumutbar und die Art und Weise, wie ihre Vorgesetzten mit ihnen umgehen, sind haarsträubend."

Rudolf nickte: „Michael erzählte ja auch, dass er Druck verspürte. Ihm ging es fortwährend schlechter, je länger er dort arbeitete."

„Und dann habe ich das Gefühl, dass ausgewählte Mitarbeiter bevorzugt behandelt werden. Das letzte Mal habe ich beobachtet, wie so ein schmieriger Verkaufsberater einen dicken Briefumschlag erhalten hat. Vielleicht war da Geld drin?", mutmaßte Veronika.

„Das kann man nicht sagen", befand Martin. „Da könnte ja alles Mögliche drin gewesen sein. Selbst wenn es Geld war, dann könnte er einen Auftrag erhalten haben, etwas für das Hotel zu erwerben. Nein, nein, das ist ganz schwer zu beweisen."

Rudolf kniff die Augen zusammen. Langsam sagte er: „Vielleicht wusste Michael zu viel und musste deswegen sterben?"

„Du meinst, er wusste Interna und es war für jemanden zu heiß und deswegen wurde er vergiftet?"

„Ja, das ist doch möglich, nicht?"

„Das ist ein interessanter Gedanke, Rudolf." Martin nickte. „Ich denke, wir sind auf dem richtigen Weg. Wir müssen dran bleiben und aufpassen. Veronika, du musst vorsichtig sein."

„Ja, das bin ich. Und ich werde weiter meine Augen offen halten."

„Es könnte sein, Rudolf, dass wir dich in Zukunft brauchen. Warst du schon einmal im Hotel?", fragte Martin.

„Nein, ich kenne das Hotel nur vom Hörensagen."

„Sehr gut. Wenn es zu heiß wird, dann kannst du dich als Veronikas Partner ausgeben und ihr zu Hilfe kommen."

Rudolf war ganz geschmeichelt bei dem Gedanken an den Ermittlungen teilnehmen zu dürfen. Er bejahte sofort. Die drei saßen zuversichtlich zusammen. Nun wollten sie über die weiteren Schritte nachdenken.

Regina knotete sich ihre Haare zu einem strengen Zopf zusammen und betrachtete sich dabei im Spiegel. „Diese Frisur macht mich auch nicht unbedingt jünger", stellte sie fest.

Veronika konnte ein Lachen nicht unterdrücken. „Und das steif gebügelte Kleid mit dieser kurzen Schürze auch nicht."

„Ja, da hast du Recht. Das sieht total altbacken aus. Wir sollen ja ohnehin neue Arbeitskleidung bekommen."

„Ja? Das ist eine tolle Neuigkeit!"

„Svenson gefielen die Kleider nämlich auch nicht", erklärte Regina. „Wir sollten eleganter ausschauen, meinte er wohl zu Roger. Und nicht so bieder wirken, wie eine Schwester aus den Sechzigern."

„Svenson sagte das? Sehr gut. Wie war es überhaupt, als er da war?"

Regina setzte sich neben Veronika. „Das war ganz aufregend, muss ich sagen. Ich meine, ich habe noch nie so einen einflussreichen Mann aus der Nähe gesehen. Die ganze Belegschaft musste sich in der Halle aufstellen und Svenson kam und sah sich alle genau an. Er roch so gut, als er an mir vorbei ging. Überhaupt war das ein ganz attraktiver Mann. Ganz elegant gekleidet war er, schlank und sehr groß." Regina schaute verlegen: „Ich glaube, er hat mich angelächelt, zumindest bilde ich mir das ein."

„Und war er zufrieden mit dem, was er sah?"

„Naja, nein. Die Kleidung gefiel ihm eben nicht. Er unterhielt sich dann mit Roger ganz angeregt und Astrid sollte als Modell hervortreten. An ihr wurde gezeigt, wie er sich die Arbeitsroben vorstellt."

„Das wärst du gerne an ihrer Stelle gewesen, gib es zu."

„Stimmt, ja", Regina musste schmunzeln.

„Und hat er sonst noch etwas gesagt?"

Regina blickte sich verlegen um und sagte vertraut: „Ja, Oliver hat mir später erzählt, dass Svenson wohl sehr verärgert war über die Auslastung des Hotels. Ich verstehe nichts von Geld und schon gar nichts von Wirtschaft, aber offenbar wirft das Hotel nicht genügend ab. Dabei strengen wir uns alle doch so sehr an! Oliver meinte, es gab Pläne das Hotel noch zu vergrößern, aber Svenson hat wohl alle Baupläne bis auf weiteres gestrichen. Alles bleibt somit beim Alten."

„Bis auf die Kleidung."

„Ja, stimmt. Außerdem wurden wir angehalten noch höflicher zu sein, als wir sowieso schon sind. `Ein höfliches und korrektes Verhalten wird als Grundhaltung vorausgesetzt´, meinte er. Und Oliver, wie soll ich das sagen, hat eine Abmahnung bekommen, wegen nicht angemessenen Verhaltens."

„Oliver?"

„Ja, du kennst ihn doch. Er kann seinen Mund nicht halten. Diese Förmlichkeiten liegen ihm eben nicht so."

„Ich verstehe. Und welche Konsequenzen gibt es noch, wenn sich die finanzielle Situation des Hotels nicht verbessert?"

„Oliver meinte, dann müsse wohl einer gehen. Ich sagte ja, es waren alle sehr angespannt."

„Oh, dann lastet ein großer Druck auf der Hotelleitung. Und eine große Verantwortung."

„Ja, das kannst du aber laut sagen." Regina schaute auf ihre Uhr. „Es ist ja schon zwanzig nach fünf! Ich muss mich beeilen. Ich habe einiges zu tun und später bekomme ich Besuch. Ich freue mich so sehr darauf."

„Du hast ein Date?"

„Wer weiß?" Reginas Blick war verwegen. „Wenn es was Ernstes wird, dann erzähle ich dir davon." Sie packte ihren Putzwagen, verließ den Raum und machte sich an die Arbeit.

Zwei Stunden später war Veronika mit ihrer Schicht zu Ende. Oliver stand wie jeden Abend gelehnt an sein Auto. Nur an diesem Abend kam er nicht auf sie zu. Veronika war verwundert, klebte er doch sonst förmlich wie Honig an ihr.

„Hallo Oliver." Veronika ging einen Schritt auf ihn zu. „Wie war der Tag?"

Er nickte und sagte: „Danke der Nachfrage, war ganz gut, hatte viel zu tun und werde wohl gleich auch Feierabend machen."

„Das klingt gut." Sie neigte den Kopf etwas und fragte: „Hast du mal wieder Lust, was trinken zu gehen?"

„Ja, das können wir. Können ja mal was ausmachen."

Veronika hatte erwartet, dass Oliver gleich und spontan ein Treffen vorschlagen würde. Ungewöhnlich, dachte sie, als er es nicht tat.

„Ok, gut, dann fahre ich mal nach Hause." Sie blieb vor ihm stehen und wartete auf seine Reaktion.

„Ja, mach das. Dir einen schönen Abend." Dabei zündete er sich eine Zigarette an. Veronika verstand und beließ es dabei. Etwas peinlich berührt ging sie zu ihrem Auto, stieg ein und fuhr davon.

Gegen einundzwanzig Uhr verließ Regina das Hotel. Es war still. Der Hotelbetrieb war zur Ruhe gekommen. Oliver und seine Kollegen waren auch längst nicht mehr da. Freudig gelaunt lief sie zu ihrem Auto. Sie konnte es kaum erwarten nach Hause zu kommen. Dort wollte sie ein Bad nehmen, sich danach schön anziehen und Sekt, Käse und Trauben zurechtstellen. Diesen Abend hatte sie schon lange geplant und viele Male in ihrem Kopf durchdacht. Jetzt sollte er wahr werden. Sie drehte den Zündschlüssel um, parkte aus und verließ den Parkplatz. Die Straße führte zuerst durch einen kleinen Wald, dann durch das verträumte Dilsberg und anschließend den Berg hinab in Richtig Heidelberg.

Plötzlich begann das Auto zu schlingern. Regina trat auf die Bremsen. Ihr wurde angst und bange. So etwas hatte sie noch nie erlebt. Dann hörte sie ein Krachen und spürte einen Stoß, das Auto hatte irgendwo aufgesetzt. Es war ihr plötzlich nicht mehr möglich die Richtung zu kontrollieren, da das Auto nach rechts zog. Der Wagen fuhr viel zu schnell! Sie stieß einen gellen Schrei aus. Das Auto zog weiter nach rechts, doch sie war machtlos. Dann sah sie nur noch den Abhang vor Augen.

9

Als Veronika am nächsten Spätnachmittag den Berg hinauf nach Dilsberg fuhr, sah sie auf der linken Seite der Straße eine Absperrung der Polizei. Sie verlangsamte ihre Fahrt und versuchte beim Vorrüberfahren etwas zu erspähen. Offenbar war ein Auto von der Straße abgekommen und den Hang hinuntergerast. Wie schrecklich, dachte Veronika. Unten fängt der Wald an. Sie mochte den Gedanken nicht zu Ende denken. Hoffentlich ist nichts Schlimmeres passiert. Dann fuhr sie weiter. Kurze Zeit später parkte sie ihren Wagen vor dem Hotel. Auch hier waren einige Polizeiautos zu sehen. Ein beklommenes Gefühl packte sie. Was sollte das bedeuten? Schnellen Schrittes ging sie auf das Hotel zu. Oliver stieg aus seinem Wagen aus und kam ihr entgegen. Er sah sichtlich getroffen aus und hatte rot unterlaufene Augen.

„Oliver, was ist passiert?"

Er umarmte Veronika fest und flüsterte ihr mit gebrochener Stimme ins Ohr. „Es ist Regina."

„Sag, was ist mit ihr?"

„Sie ist tot."

„Was ist geschehen?", fragte sie fassungslos. Und Oliver erzählte ihr von dem Unfall, und der grauenhaften Identifizierung in der Gerichtsmedizin.

Veronika konnte nicht glauben, was sie da gehört hatte. Demnach muss es Regina gewesen sein, die den Hang hinab gestürzt war. „Wie ist das geschehen?"

„Ein Vorderrad an ihrem Auto hat sich gelöst, als sie nach Hause fahren wollte. Sie konnte das Auto nicht mehr kontrollieren, fuhr einen Berg hinab und prallte gegen einen Baum."

Veronika gingen unzählige Gedanken gleichzeitig im Kopf herum. „Ja, dann war es ein Unfall?"

„Man weiß es nicht. Vielleicht hatte sich jemand an ihrem Auto zu schaffen gemacht. Es muss so gewesen sein, warum ist die Polizei denn sonst hier und stellt allen Fragen?"

„Ja, so muss es gewesen sein", überlegte Veronika. „Es ist sehr unwahrscheinlich, dass sich einfach so ein Rad von selbst löst, oder?"

„So was kommt schon mal vor, ist aber sehr selten."

Veronika schluckte. Wahrscheinlich hatte sich ein zweiter Mord ereignet. Wieder getarnt als Autounfall. Sie dachte an Martin. Er hatte ihr empfohlen, vorsichtig zu sein und nun hatte es Regina getroffen. Regina?

Warum Regina? Das machte doch keinen Sinn? Wusste sie auch etwas und musste sie deswegen sterben?

„Es ist schrecklich", stieß Oliver hervor.

„Ja, das ist es." Veronika löste sich von Oliver und ging langsam ins Hotel. In der Halle waren alle Gäste des Hotels versammelt. Sie wurden von dutzenden Polizeibeamten befragt. Ihre Aussagen wurden protokolliert. Hinter der Rezeption standen Roger und Enes in ein Gespräch vertieft. Madelaine kam auf Veronika zu. „Veronika, es ist etwas Schlimmes geschehen."

„Ja, ich weiß es schon, Oliver hat es mir erzählt."

„Es ist unfassbar, dass es die arme Regina getroffen hat. Ich meine, wie wahrscheinlich ist es, dass sich ein Rad löst. Das ist ein unglaublich tragischer Zufall."

Veronika schaute Madelaine an. Sie glaubte an einen Unfall.

„Du wirst ebenso von der Polizei befragt werden. Du warst die letzte, die sie bei der Arbeit gesprochen hat."

„Ja, ich werde alles berichten, was ich weiß."

Madelaine blickte Veronika unsicher an. „Ja, das wirst du bestimmt. Komm mit mir."

Sie führte Veronika zu einem Polizeibeamten.

„Kommissar Wischnewski, darf ich Ihnen Frau Schönlein vorstellen? Sie hat gestern Abend zusammen mit Frau Bedru ihre Schicht angefangen."

„Ja, danke Ihnen." Er nickte Madelaine freundlich zu und bot Veronika einen Platz an. Zu Beginn nahm Kommissar Wischnewski Veronikas persönliche Daten auf, anschließend musste sie berichten, wie sie an die Putzstelle in dem Hotel gekommen war. Sie konnte dem Kommissar unmöglich die wahre Geschichte erzählen, ohne mit Martin davor gesprochen zu haben. Also berichtete sie von dem Wunsch, sich ein neues Auto kaufen und dem Ziel, sich ein paar Euro dazu verdienen zu wollen.

„Kannten Sie Frau Bedru, bevor Sie in diesem Hotel anfingen zu arbeiten?", wollte der Kommissar wissen. Veronika verneinte, sie habe sie erst hier als Kollegin kennen gelernt. „Sie standen also in keiner engeren Beziehung zu Frau Bedru?"

Veronika bejahte.

„Hatte sie Ihnen etwas Persönliches erzählt? Etwas, was sie beschäftigte oder mit dem sie sich befasste?"

Veronika überlegte. „Sie arbeitete gerne hier und sie war sehr fleißig. Sie fühlte sich hier wohl. Über private Dinge haben wir nicht gesprochen."

Der Kommissar sagte nichts. Er wartete ab, weil er vermutete, dass Veronika noch mehr wissen könnte. Tatsächlich begann sie: „Wenn ich genau darüber nachdenke, dann verhielt sie sich gestern anders als sonst. Sie war gut gelaunt, weil sie sich auf den Feierabend freute. Sie hatte etwas Schönes geplant, glaube ich."

„Was meinen Sie mit ˋetwas Schönesˊ? Eine Verabredung?"

„Ja, ich vermute es."

„Und wissen Sie, mit wem sie sich verabredet hatte?"

„Nein, das weiß ich nicht. Wie gesagt, über private Dinge hatten wir nie gesprochen."

„Und ob sie einen Freund hatte, das wissen sie auch nicht?"

„Nein, aber ich glaube eher nicht."

Kommissar Wischnewski setzte nochmal an: „Wie war sie denn als Mensch, wenn Sie sie beschreiben würden?"

Veronika dachte angestrengt nach. „Sie war ein einfacher Typ. Ehrlich und gutgläubig. Ja, so würde ich sie beschreiben."

„Ehrlich und gutgläubig", wiederholte der Kommissar. „Hatte Frau Bedru Feinde? Oder anders gesagt, konnte sie jemand aus dem Hotel nicht leiden?"

„Nein", Veronika schüttelte den Kopf. „Regina war allseits beliebt. Feinde hatte sie keine."

„Gab es Neider?"

„Wie meinen Sie das?"

„Nun ja, Frau Bedru gewann viele Preise und Boni für ihre fabelhafte Arbeit."

„Ach so, das meinen Sie. Nein. Man gönnte ihr die Freude. Ich bin ja erst seit Kurzem hier, aber ich habe niemanden beobachtet, der jemals eifersüchtig gewesen war. Sie war eben fleißig und jeder hatte schließlich die Chance."

„Ich verstehe. Vielen Dank für Ihre offenen Worte." Nach einer Pause fragte er weiter: „Frau Schönlein, haben sie gestern, als sie das Hotel verließen irgendetwas Auffälliges beobachtet?"

„Draußen auf dem Parkplatz?"

„Ja. War dort eine Person, die sie gesehen haben?"

Veronika runzelte die Stirn. Sie erinnerte sich daran, wie sie von Oliver eine Abfuhr erteilt bekommen hatte. Danach lief sie schnell und in Gedanken versunken zu ihrem Auto. Nein, es war ihr niemand aufgefallen, der dort gestanden, geschweige denn an Reginas Auto herumgeschraubt haben könnte. Herrn Kommissar Wischnewski schilderte sie dies und endete mit den Worten: „Tut mir leid. Etwas anderes kann ich Ihnen leider nicht mitteilen."

Der Kommissar stand auf und gab Veronika seine Visitenkarte. „Bitte rufen Sie mich an, wenn Sie sich doch noch an etwas erinnern."

Veronika nahm dankend an und ging zurück zu Madelaine vor die Rezeption. „Hast du ihre Fragen beantworten können?", wollte Madelaine wissen.

„Ja, ich habe Ihnen alles gesagt, was ich weiß. Leider war mir gestern niemand besonders aufgefallen. Ich glaube, ich konnte Ihnen nicht viel weiterhelfen."

Madelaine atmete tief durch. Leicht lächelte sie dabei, was Veronika sofort auffiel. Enes kam zu den beiden geschlichen und flüsterte Madelaine etwas ins Ohr. Daraufhin antwortete sie ebenso leise: „Aber natürlich, ich bin in zehn Minuten bei euch."

Genauso leise, wie er gekommen war, schlich Enes wie ein Panther zurück zu Roger hinter die Rezeption. Veronika beobachtete die beiden. Sie tuschelten etwas und ihre Körpersprache ließ vermuten, dass sie sichtlich nervös waren. Schließlich kam der Glatzkopf mit den weißen Zähnen dazu. Nach einer kurzen Begrüßung gingen die drei in eines der hinteren Büros.

Madelaine beobachtete die Verhöre der Polizei in der Halle. Wie unangenehm waren ihr die Befragungen. Die Gäste waren nicht erfreut darüber. Und abreisen durfte niemand, bis die Ermittlungen abgeschlossen waren.

Das Putzen fiel Veronika heute schwer. Sie dachte unentwegt an Regina. Wer konnte ihr etwas angetan haben? Sie konnte sich keinen Reim darauf machen. Zuhause wollte sie mit Martin darüber sprechen. Vielleicht hatte er eine passende Idee.

Zuhause angekommen, legte Veronika erst einmal ihren schweren Mantel ab. Müde ließ sie sich mit einem tiefen Seufzer auf das Sofa fallen. Martin hatte die Idee gemeinsam ein Bad zu nehmen. Er ließ das Wasser ein, zündete im Badezimmer einige Kerzen an und öffnete eine Flasche trockenen Rotwein. Als beide kurze Zeit später gemeinsam in der Wanne lagen, erzählte Veronika in allen Einzelheiten von den heutigen Ereignissen. Martin hatte die Augen geschlossen und nickte ab und zu. Er konnte es genauso wenig wie Veronika verstehen, wieso ausgerechnet Regina sterben musste. „Das machte doch keinen Sinn. Es sei denn, Regina hatte etwas Geheimes gewusst. Vielleicht hatte sie Ihren Mörder ja erpresst?"

„Ja, aber das kann ich mir nicht vorstellen", befand Veronika. „Regina schien nicht der Mensch, der andere erpresst. Das passte nicht zu ihr. Sie war ein einfacher und ehrlicher Mensch. Hätte sie etwas Geheimes herausgefunden, dann würde sie es höchstens jemanden im Vertrauen erzählt haben."

„Ja, aber genau das ist es ja! Vielleicht hat sie es dem Falschen erzählt. Somit wurde sie zur Gefahr und musste sterben."

„Aber wer käme denn da in Frage? Wer könnte denn den Anschlag verübt haben?"

„Da gäbe es einige. Zum Beispiel der Geschäftsführer mit dem Briefumschlag, dieser Roger. Er könnte Schmiergelder bezahlen und sie könnte eine bestimmte Summe von ihm verlangt haben. Oder Enes, der die Drückerkolonne anführt. Sie könnte damit gedroht haben, seinen Führungsstil publik zu machen. Oder auch der glatzköpfige Verkäufer, der die Leute zu den Vertragsabschlüssen überredet. Alle könnten für ihre Taten erpresst worden sein."

Ja, das stimmt. Sie kämen vielleicht in Frage. Aber du hast jetzt nur Männer aufgezählt. Was ist, wenn der Mörder eine Frau ist? Auch Frauen können Schrauben an einem Wagenrad lösen."

Martin überlegte. Dann hob er die Augenbrauen und sagte: „Madelaine"

„Madelaine? Wie kommst du gerade auf sie?"

„Weil sie schwanger ist. Nur einmal angenommen, Madelaine hat ein Verhältnis zu Oliver und erwartet ein Kind von ihm. Und dann verliebt sich Oliver ernsthaft in Regina. Du sagtest selbst, dass Regina ein Rendezvous am Abend hatte. Vielleicht hatte sie das Rendezvous mit Oliver? Madelaine ist blind vor Eifersucht und tötet daraufhin Regina."

Veronika öffnete ihren Mund. „Stimmt, so könnte es gewesen sein. Dann wären Eifersucht und Liebe das Motiv für den Mord an Regina und das Hotel hätte damit nichts zu tun."

„So könnte es gewesen sein." Martin verstummte.

„Martin, was ist mit dir?"

„Ach nichts. Es ist nur so kompliziert. Nichts passt zusammen. Wir haben viele Möglichkeiten, aber Beweise haben wir keine. Wir tappen noch vollkommen im Dunkeln. Das macht mich traurig."

Zärtlich nahm Veronika Martins Hand. „Wir haben schon sehr viel erreicht, Martin. Und wir werden es herausfinden."

Er blickte sie liebevoll an und lächelte leicht.

10

Martin und Veronika hielten ein Glas Sekt in der Hand und zählten die Sekunden von zehn bis null herunter. Die letzten Augenblicke des alten Jahres waren immer etwas Besonderes. Wie im Rausch erinnerten sich beide an das, was in diesem Jahr geschehen war. Für Veronika war es im Privaten ein schönes und erfolgreiches Jahr gewesen. Ihr Höhepunkt war der Heiratsantrag von Martin letzten Sommer. Das machte sie sehr glücklich. Beruflich war alles ohne besondere Höhen und Tiefen verlaufen. Martin dachte an den Verlust der Mutter, was ihn traurig machte. Abgesehen von der erfüllten Beziehung zu Veronika brachte das vergangene Jahr nichts erfreulich Neues. Um punkt null Uhr stießen sie gemeinsam an. Sie umarmten sich und fühlten ein tiefes Glück. Von ihrem Balkon aus hatten sie einen schönen Ausblick auf die Innenstadt und auf das Barockschloss Bruchsals. Sie beobachteten das bunte Treiben. Veronika schoss ein paar Bilder von den vielen farbenfrohen Raketen und Fontänen, die den Nachthimmel erleuchteten. Martin rief seine Familie an,

Veronika ihren Onkel Rolf. Nach dem Feuerwerk ließen sie sich zufrieden auf das Sofa nieder.

„Ich wünsche mir, dass alles so bleibt, wie es ist. Du und ich, wir beide zusammen." Veronika strahlte Martin an. „Vielleicht noch ein oder zwei Kinder, das wäre schön. Mehr brauche ich nicht."

„Ja, du hast Recht. Das wäre schön." Martin blickte nachdenklich vor sich hin.

„Was ist mit dir?", wollte Veronika wissen.

Er schüttelte den Kopf. „Nichts. Ich muss immer wieder an Michael und Regina denken. Zwei Menschen sind gestorben und irgendwo da draußen läuft ihr Mörder frei herum. Und ich weiß nicht, ob wir alleine im Stande sind, herauszufinden, was geschah."

„Du hast Recht, das wissen wir nicht."

„Wir haben wage Vermutungen, aber nichts Greifbares in der Hand. Es fehlen die Beweise oder eine eindeutige Handlung. Irgendetwas, was auf eine Person hindeutet. Bitte, denke noch einmal genau nach. Hast du jemanden gesehen, als du mit deinem Auto vom Parkplatz weggefahren bist?"

„Ich kann mich nicht daran erinnern."

„Bitte, gehe nochmals in Gedanken deinen Weg ab."

„Gut. Ich bin aus dem Hotel gekommen. Oliver lehnte an seinem Auto. Wir unterhielten uns und ich erinnere mich, dass ich etwas enttäuscht war, dass er keine weitere Verabredung mit mir wollte."

Martin sah Veronika fragend an.

„Nein, nicht, was du denkst. Ich war nur enttäuscht darüber, weil ich dachte, ich bekomme von ihm dann nichts mehr Brauchbares heraus."

Martin nickte. „Weiter bitte."

„Ok, ich bin dann zu meinem Auto gegangen und verabschiedete mich von Roger. Danach…"

„Was hast du getan?", unterbracht Martin Veronikas Bericht.

„Na, ich verabschiedete mich von Roger." Plötzlich hielt sie inne. Erstaunt sagte sie: „Roger war auf dem Parkplatz. Ich habe ihn gesehen!"

„Und hast du das auch der Polizei berichtet?"

„Nein, natürlich nicht. Ich hatte es ganz und gar vergessen. Ich hatte mich nicht daran erinnert, weil es ja nichts Besonderes war, Roger auf dem Gelände zu sehen. Er ist ja immer da."

„Und weil er immer da war, ist er dir nicht aufgefallen."

„Ja, so war es vermutlich. Aber was hat das zu bedeuten?"

„Es bedeutet, dass Roger zumindest einmal die Möglichkeit gehabt hatte den Wagen von Regina zu manipulieren. Und Roger hatte ein mögliches Motiv, wenn es denn stimmt, dass er unter der Hand für abgeschlossene Verträge Geld bezahlt und Regina davon gewusst hatte."

Veronika wiederholte ungläubig seinen Namen: „Roger".

Mit einem kleinen Blumenstrauß und einer Flasche Sekt im Arm standen Martin und Veronika vor dem Haus von Frau Hainsberger. Rudolf öffnete die Tür und bat die beiden herein. Frau Hainsberger saß in ihrem Sessel. Sie war nicht wieder zu erkennen und nur ein Schatten ihrer selbst. Die eingefallenen Augen blickten trübe und ihre Haltung war gebückt. Trotzdem umspielte ein Lächeln ihren Mund, als sie den Besuch hereintreten sah.

„Frau Hainsberger. Wir dachten, wir besuchen Sie und überbringen Ihnen herzliche Neujahrswünsche."

Mit gebrochener Stimme sagte sie: „Das ist sehr nett von Ihnen beiden. Bitte setzen Sie sich und trinken Sie eine Tasse Tee mit uns."

Sie gab Rudolf ein Zeichen. Sofort stand er auf und deckte den Tisch für vier Personen.

„Wie geht es Ihnen?", begann Martin.

Frau Hainsberger atmete tief durch, bevor sie anfing: „Nicht gut." Das Sprechen fiel ihr schwer. „Ich vertrage die Chemotherapie nicht. Ich mag nichts mehr essen und fühle mich elend." Leise fügte sie hinzu: „Das wird mein letztes Neujahr gewesen sein."

„Sie wird von Tag zu Tag schwächer", erklärte Rudolf. „Und sie hat unheimliche Schmerzen." Er raunte Martin zu: „Bitte Martin, komm mit in die Küche und hilf mir den Tee aufzugießen."

Beide verließen das Zimmer in Richtung Küche. Dort sagte Rudolf mit bebender Stimme: „Es ist so furchtbar, mit ansehen zu müssen, wie ein geliebter Mensch leidet. Die Chemo schlägt nicht richtig an. Sie hat Durchfall und behält nichts mehr bei sich. Rasend schnell nimmt sie ab. Und oftmals jammert sie vor lauter Schmerzen. Ich gebe ihr Morphium. Es ist nur noch eine Frage der Zeit bis sie..."

„Das tut mir leid. Krebs ist eine schlimme Krankheit." Er strich Rudolf über den Arm. „Wenn ich dir irgendwie behilflich sein kann, dann lass es mich wissen."

Rudolf nickte. „Was ich brauche ist Ablenkung, einen Menschen, mit dem ich reden kann. Ich bin so alleine und mir fehlt…" Er brach ab. Eine Träne floss ihm über die Wange. Martin wusste nicht recht, wie er ihm helfen konnte. Stumm standen sie nebeneinander, bis der Tee fertig aufgegossen war. Gemeinsam gingen sie dann zurück ins Wohnzimmer.

„Hier bitte, Tante Edelgard. Versuche einen Schluck Tee."

Dankend lehnte sie ab. Sie sagte vorwurfsvoll: „Die Polizei ist unfähig. Sie hat noch nichts herausgefunden. Michael musste sterben und wir wissen noch nicht, warum. Ist das nicht traurig? Ich will es wissen, bevor ich selbst sterbe. Ich will wissen, wer meinen Jungen umgebracht hat."

Martin nickte und besänftigte sie: „Die Polizei tut bestimmt, was sie kann, um den Mord so schnell wie möglich aufzuklären. Sagen Sie, Frau Hainsberger, mich interessiert schon die ganze Zeit folgender Umstand: Michael nahm Baldrian. Das ist richtig, nicht?"

Leise antwortete sie: „Ja, das stimmt."

„Und wo bewahrte er die Tabletten auf?"

„Er hatte eine kleine silberfarbene Dose. Bitte Rudolf, zeig doch Herrn Fennberg die Packung mit den Tabletten."

Rudolf stand auf, verließ den Raum und kam bald darauf wieder zurück: „Hier, das sind seine Tabletten. Die Dose haben wir leider nicht wieder bekommen."

Martin öffnete das Fläschchen, in dem noch etwa zehn Weichkapseln Baldrian waren. Er schüttete einige davon in seine offene Hand und betrachtete sie genau. „Wer wusste alles davon, dass er Baldrian nahm?"

„Alle wussten davon", sagte Rudolf. „Das war bekannt. Immer, wenn er Stress hatte, nahm er eine."

„Vielen Dank, Rudolf. Darf ich die Packung mitnehmen?"

Rudolf zögerte: „Ja, gut. Du kannst sie haben." Nach einer kurzen Pause sagte er: „Du, Tante Edelgard, jetzt da du Besuch hast, kann ich ja in die Stadt einkaufen gehen? Ich muss dringend Lebensmittel besorgen. Ich komme dich heute Abend wieder besuchen." Sie lächelte kurz und nickte fast unmerklich. Er küsste ihre Stirn, verabschiedete sich von Martin und Veronika und verließ das Haus.

Die Drei saßen stumm nebeneinander und tranken ihren Tee.

Veronika wechselte das Thema: „Es ist ein Glück für Sie, so einen Neffen zu haben, nicht? Sie können zu Hause leben und er kümmert sich um Sie. Martins Vater will auch, dass Martin sich um ihn kümmert, wenn er einmal alt oder krank wird."

„Ja das stimmt. Er will auf keinen Fall in ein Heim."

„Es ist ein Segen", sagte Frau Hainsberger. „Die Vorstellung, mein geliebtes zu Hause hier zu verlassen und in einem kleinen fremden Zimmer zu leben, macht mir Angst. Ich brauche meine gewohnte Umgebung. Aber ich weiß auch, dass ich Rudolf viel zumute. Der arme, ich verlange ihm sehr viel ab. Er ist praktisch jederzeit für mich verfügbar. Ich habe ein spezielles Handy, mit dem ich ihn immer anrufen kann, wenn ich ihn brauche oder es mir schlecht geht."

„Hat er denn so viel Zeit? Ich meine, ist es ihm möglich rund um die Uhr für Sie da zu sein?", fragte Veronika vorsichtig.

„Ja, er ist im Moment arbeitslos."

„Oh, das tut mir leid."

„Er hat seinen Arbeitsplatz verloren. Vor zwei Monaten. Aber das ist eine lange Geschichte." Frau Hainsberger richtete sich gerade auf. „Und eine traurige obendrein."

„Bitte, erzählen Sie sie uns", bat Veronika.

„Rudolf und Carla waren ein glücklich verheiratetes Ehepaar. Sie bekamen zwei ganz reizende Mädchen. Ich glaube, Sie haben sie auf der Beerdigung gesehen?"

Veronika und Martin nickten.

„Ich weiß nicht mehr, wann es war. Oder was der Grund dafür war. Irgendwann jedenfalls begannen sich die beiden zu streiten. Ich spreche nicht über eine kleine Streitigkeit unter Eheleuten, die gibt es immer und wird es immer geben. Nein, es ging um grundsätzliche Dinge und ernsthafte Themen wie Kindererziehung oder finanzielle Dinge. Einmal war ich dabei, als sie sich heftig stritten. Irgendetwas stimmte nicht mehr. Die Beziehung hatte einen Sprung bekommen. Dann blieb Rudolf immer öfter weg. Zuerst stundenweise, dann ganze Abende. Niemand wusste, wo er war. Er sprach mit niemandem darüber. Schließlich verließ sie ihn und er blieb alleine zurück. Die Kinder nahm sie mit. Rudolf war alleine, hatte niemanden mehr. Er begann, sich gehen zu lassen. Ging nicht mehr zur Arbeit. Tat nichts mehr. Alles war ihm egal. So kam es, dass er seinen Arbeitsplatz verlor."

Martin schaute Veronika betreten an. „Das tut uns sehr leid."

„Ja." Frau Hainsberger erzählte weiter. „So kam es, dass ich ihn bat, mich zu pflegen. Ich gab ihm die

Möglichkeit sich wieder nützlich zu machen. Er hatte das Gefühl, dass er gebraucht wurde. Und das tat ihm gut. Er hörte auf zu trinken und blühte förmlich neu auf."

„Es ist nicht zu unterschätzen, wie stark das Bedürfnis der Menschen ist, gebraucht zu werden."

„Ja, da haben Sie Recht."

„Das wussten wir alles nicht. Umso mehr freut es mich, dass wir uns nun auch schon mehrmals mit Rudolf getroffen haben. Das tat ihm bestimmt auch gut."

„Ja, ich weiß, das tat es bestimmt."

Veronika war froh. Vielleicht sollten sie sich noch öfter mit ihm treffen.

11

Als Veronika an diesem Abend Richtung Hotel fuhr, war es ihr sonderbar zumute. Es war das erste Mal, dass sie Dienst hatte, seitdem Regina gestorben war. Sie hatte Angst, war aber bestärkt in ihrem Verlangen, Beweise zu finden, um den Mörder dingfest zu machen.

Als sie auf den Parkplatz fuhr, sah sie dort zwei Polizeiwagen stehen. Sie beschloss einen Moment lang in ihrem Auto sitzen zu bleiben und zu beobachten, was geschah. In dem einen Polizeiwagen saßen zwei Polizisten in Uniform. Sie warteten offenbar auf weitere Anweisungen. Das andere Auto war leer. Da sah sie, wie der Kommissar Wischnewski, den sie von der Befragung her kannte, mit einem Kollegen aus dem Hotel kam. Der Kollege führte Oliver am Arm mit sich. Wie kamen sie auf Oliver? Das muss ein Versehen sein. Veronika verstand nicht, wieso Oliver abgeführt wurde. Dieser verzog keine Miene und ließ sich ohne Widerstand ins Auto setzen. Veronika stieg aus und ging schnellen Fußes hinüber zum Eingang. Nachdem sie eingetreten war, sah sie, wie Madelaine betrübt an der Rezeption stand und vor sich hin starrte. „Madelaine, was ist passiert?"

Sie schaute Veronika verdutzt an: „Ach, du bist es." Madelaine schien etwas verwirrt. „Ich weiß nicht recht. Sie haben Oliver verhaftet unter dem dringenden Tatverdacht, Michael und Regina umgebracht zu haben."

„Aber wieso Oliver?"

„Sie haben herausgefunden, dass Oliver ein Verhältnis mit Regina hatte."

„Aber das ist doch kein Grund sie umzubringen."

„Das denke ich auch, aber er hielt die Beziehung geheim und das macht ihn verdächtig. Wir alle hatten ja keine Ahnung! So wie er sich an jede Frau ranmachte? Sie vermuten, dass die beiden Streit hatten. Und er sich bei ihr für etwas rächen wollte."

„Ich verstehe. Und was ist mit dem Mord an Michael?"

„Er konnte Michael nicht leiden. Das hat er immer wieder offen gezeigt. Und als die Polizei herausfand, dass Oliver regelmäßig in Clubs geht, haben sie eins und eins zusammengezählt. Er hatte die Möglichkeit die Drogen zu besorgen."

Veronika konnte es nicht glauben. Auf Oliver hatte sie nicht einen Moment getippt. „Aber ein reales Motiv haben sie noch nicht gefunden?", fragte sie.

„Davon haben sie nichts gesagt." Madelaine starrte wieder betrübt vor sich hin.

„Danke, Madelaine, für die Information."

Veronika ließ Madelaine an der Rezeption stehen und machte sich auf in das Umkleidezimmer. Für sie war es schwer wieder putzen zu gehen. Sie fühlte sich beklommen und sie mochte nicht glauben, dass Oliver der Schuldige war. Irgendwas müssen sie übersehen haben, dachte sie. Alleine machte sie sich in der Umkleide zurecht. Regina fehlte ihr. Alles erinnerte sie hier an sie. Ich muss die Augen offen halten. Hier gehen seltsame Dinge von statten. Ich muss Beweise finden. Schließlich ging sie zurück zu Madelaine, um sich den Arbeitsplan abzuholen. Sie sollte die Zimmer im Erdgeschoss putzen, darunter auch die beiden Konferenzräume. Sie richtete sich ihren Putzwagen und machte sich an die Arbeit. Die Zimmer der Gäste zu putzen war das nötige Übel. Hier würde sie bestimmt nichts Außergewöhnliches finden. Sie versuchte so schnell wie möglich, damit fertig zu werden. Die Konferenzräume zu putzen, war viel aufregender. Vielleicht hatte ja jemand etwas liegen lassen...

Sie betrat den einen Raum. Auf den Tischen waren Unterlagen gestapelt, die noch nicht weggeräumt worden waren. Bis vor kurzem hatte hier eine Dienstbesprechung stattgefunden. Auf dem einen Ordner stand `Leitbild´. Sie blickte sich um. Dann, als sie sicher war, dass sie niemand beobachtete, öffnete sie ihn und blätterte ihn durch. Dort war die Philosophie des Hauses niedergeschrieben. Von der Etikette, wie das Personal zu sein hatte, bis hin zur Einrichtung der Zimmer und Suiten. Auf einigen Seiten klebten kleine Zettel. Offenbar waren diese Themen der Besprechung gewesen. Sie dachte an Oliver und seine Abmahnung. Solche Dinge wurden also hier besprochen. Sie legte den Ordner wieder beiseite. Auf einem andern Ordner stand: `Kalenderjahr 2015´. Sie blätterte ihn durch. Von

Buchhaltung verstand sie leider nichts. Die Listen und Tabellen konnte sie nicht interpretieren. Sie konnte nur so viel erkennen, dass jeder Gast auf einer Karteikarte einzeln aufgeführt war und ihre Mietverträge abgeheftet waren. Als sie die Summen las, musste sie staunen. Sie gingen von fünftausend bis zu sechzigtausend Euro! Veronika schüttelte den Kopf. Wer würde denn sechszigtausend Euro bezahlen, nur um in einem Hotel Urlaub machen zu können? Plötzlich hörte sie Schritte. Sie schloss schnell den Ordner und legte ihn zurück auf den Stapel. Roger kam herein, grüßte höflich und ging gezielt auf den Konferenztisch zu. Er packte die Ordner und verließ den Raum.

Veronika tat so, als ob sie dabei wäre, Staub zu wischen. Hoffentlich hat er sie nicht beobachtet, dachte sie. Aber dann hätte er sicher etwas gesagt oder getan. Sie entschied, dass er sie sicher nicht beim Lesen gesehen hatte. Als sie mit dem Zimmer fertig war, ging sie den Flur entlang zum nächsten Raum. Roger verließ gerade sein Büro und rief Madelaine zu: „Ich bin in einer halben Stunde wieder da!"

Das ist die Chance, dachte Veronika. Eine halbe Stunde reicht vollkommen aus, um sich ein Bild von Rogers Büro zu machen. Auf Zehenspitzen schlich sie in sein Büro und machte die Türe hinter sich zu. Sie wollte nichts anfassen, sondern nur einen Blick darauf werfen, wenn etwas auffällig ausschaute. Sie ließ die Blicke über das Chaos schweifen, das dort herrschte. Die Ordner aus dem Konferenzraum waren wieder an ihren Platz zurückgestellt worden. Auf seinem Schreibtisch lagen unzählige Papiere. `Kaufvertrag, Schreiber´ las sie auf dem einen Papier. Auf einem andern stand: `Nebenkostenabrechnung 2014´. Auf einem dritten waren Listen mit Einkäufen niedergeschrieben. Das scheint alles seine Richtigkeit zu haben, befand Veronika. Da ist nichts Auffälliges dabei. Vorsichtig öffnete sie die Schublade von Rogers Schreibtisch. Da lag ein Briefumschlag mit einem Namen versehen: `Karl´ stand darauf. Neugierig nahm sie den Umschlag und öffnete ihn. Sie staunte als sie den Inhalt sah. In dem Umschlag waren dreitausend Euro in bar. Alles in fünfhundert-Euro-Scheinen. „Das ist es", flüsterte sie. „Das ist das Geld, was der Verkäufer bei Vertragsabschluss erhält! Das muss es sein." Wahrscheinlich hatten Michael und Regina Wind davon bekommen und deswegen mussten sie sterben. Plötzlich hörte sie ein Geräusch, es waren Schritte auf dem Flur. Ohne groß darüber nachzudenken steckte Veronika den Umschlag mit dem Geld in ihre Schürze. Hastig schloss sie wieder die Schublade und verließ unbemerkt sein Büro.

Als sie am Abend ihre Spätschicht beendete, zog sie sich wieder in ihrer Umkleide um. Wie mutig war sie heute gewesen! Sie hatte den entscheidenden Beweis gefunden. Martin würde stolz auf sie sein. Sie packte ihre Tasche zusammen und wollte gerade den Raum verlassen, da merkte sie, dass die Tür verschlossen war. Unmöglich, dachte sie. Sie rüttelte an der Tür, doch sie wollte sich nicht öffnen lassen. Veronika blickte sich um. Der Raum lag im Keller des Gebäudes und verfügte über keine Fenster. Wieder rüttelte sie an der Tür und schrie dabei: „Hilfe! Hört mich hier jemand?" Nichts. Totenstille. Niemand hörte sie. Verzweifelt suchte sie in ihrer Tasche ihr Handy. Sie wollte Martin anrufen, doch das Handy war verschwunden. Jemand hatte es ihr aus der Tasche genommen. Roger! Hatte er sie doch beobachtet? „Hilfe, so helft mir doch!" Wieder nichts. Veronika vergrub ihr Gesicht in ihren Händen. Sie fing zu weinen an. Ratlos ließ sie sich auf einem Stuhl nieder.

12

Martin schaute auf die Uhr. Es war gerade Mitternacht vorbei und Veronika war noch nicht nach Hause gekommen. Er nahm eines der beiden Weingläser, schenkte sich ein und trank einen Schluck. Es sah Veronika nicht ähnlich, einfach länger fort zu bleiben, ohne Bescheid zu geben. Sollte sie wieder mit Oliver ein

Rendezvous gehabt haben? Aber selbst dann hätte sie ihm, genau wie das letzte Mal, eine Nachricht geschrieben oder gar angerufen. Er beschloss sich zu beruhigen, nicht gleich an das Schlimmste zu denken und noch abzuwarten, bevor er etwas unternehmen würde. Zur Ablenkung schaute er sich eine Polittalkshow im Fernsehen an. Alle paar Minuten schaute er wieder auf die Uhr. Es schien so, als ob die Zeit unglaublich langsam verrann. Nichts geschah. Es kam kein Anruf von Veronika. Gegen ein Uhr nachts machte sich Martin große Sorgen. Vielleicht hat sie etwas Wichtiges herausgefunden? Martin wurde mulmig zu mute. Heftig zuckte sein Kopf. Vielleicht ist ihr auch etwas zugestoßen? Ihm versetzte der Gedanke einen Stich. Hoffentlich ist es noch nicht zu spät! Aber was sollte er tun? Er musste ins Hotel fahren und nach Veronika suchen. Aber alleine hatte er wenig Mut. Wen könnte er um Hilfe bitten? Da fiel ihm Rudolf ein. Ja, Rudolf wäre eine gute Begleitung. Schnell wählte er seine Nummer. Nachdem er sich für die späte Störung entschuldigte, erzählte er, was geschehen war. Rudolf bejahte sofort. Sie verabredeten sich in dreißig Minuten vor dem Hotel.

Martin war als erster da. Das Hotel sah ruhig und friedlich aus. Kein Geräusch war zu hören. Niemand war zu sehen. Einzig die Halle war hell erleuchtet. Martin schaute sich auf dem Parkplatz um. Da sah er Veronikas

Wagen unter einer Laterne stehen. Sie war also nicht weggefahren. Ein Auto kam auf den Parkplatz gefahren. Rudolf stieg aus und kam schnellen Schrittes auf Martin zu.

„Schön, dass du so schnell kommen konntest!"

„Natürlich, ich bin gleich in mein Auto gestiegen. Ich bin froh, dass ich dir helfen kann. Also, wie wollen wir es machen?", wollte Rudolf wissen.

„Wir fragen erst einmal an der Rezeption, wann Veronika das letzte Mal gesehen worden ist."

„In Ordnung."

Beide betraten das Hotel. An der Rezeption stand zunächst niemand. Man musste erst klingeln, um den Nachtdienst zu holen. Dieser kam aus einem der hinteren Büros und fragte freundlich: „Was kann ich für Sie tun?"

„Wir suchen Veronika Schönlein, meine Freundin. Sie arbeitet hier als Putzfrau. Heute ist sie nicht von der Arbeit nach Hause gekommen. Ihr Wagen steht noch auf dem Parkplatz. Sie muss noch hier sein."

„Veronika Schönlein? Moment, ich schaue auf dem Einsatzplan. Ja, sie war heute hier. Ihre Schicht endete um 22 Uhr."

„Das weiß ich, aber sie muss noch hier sein. Bitte, können Sie mir sagen, wo sie heute putzen musste?"

„Verzeihen sie bitte, aber diese Information kann ich ihnen nicht geben."

Martin machte ein missmutiges Geräusch. „Es geht hier nicht um einen kleinen Gefallen. Die Lage ist sehr ernst. Bitte, sagen Sie uns, wo sie heute putzen musste!"

Wieder verneinte der Rezeptionist.

Martin musste deutlicher werden: „Es geht hier um Leben oder Tod. Wenn Sie uns nicht helfen wollen, dann werden wir die Polizei verständigen."

Bei dem Stichwort `Polizei´ knickte der Mitarbeiter ein. Er holte widerwillig den Einsatzplan hervor und gab ihn Martin.

„Bitte sehr, aber ich will keinen Ärger bekommen."

Martin antwortete darauf nicht. Er und Rudolf lasen, welche Zimmer sie zu putzen hatte. Sie entschieden sich zu teilen. Jeder sollte an einem andern Ort nach Veronika suchen. Martin versuchte sein Glück in der ersten Etage und bei den Konferenzräumen. Er klopfte an jede Tür, die auf dem Arbeitsplan geschrieben stand, aber nirgends gab es ein Lebenszeichen von Veronika. Es öffneten nur die über die nächtliche Störung verärgerten Gäste ihre Türen. Martin versuchte, sie so gut es ging zu besänftigen. Die beiden Konferenzräume waren nicht abgeschlossen. Er machte Licht und schaute sich um. Die Unterlagen der Dienstbesprechung waren allesamt aufgeräumt worden. Nichts deutete auf die Anwesenheit von Veronika hin. Enttäuscht verließ er das Stockwerk und machte sich wieder auf den Weg zur Rezeption. Hier wollten er und Rudolf sich wieder treffen. Als er das Treppenhaus hinunterlief, hörte er einen gellen Schrei. Es war Rudolfs Stimme. Sie kam aus dem Untergeschoss. Martin rannte so schnell er konnte nach unten. Als er in den langen Flur einbog, sah er Rudolf, wie er sich über Veronika beugte, die ausgestreckt auf dem Boden lag. Er schrie: „Martin, schnell, komm her!"

Martin wurde angst und bange. Veronika lag vor einer geöffneten Tür auf dem Bauch mit dem Gesicht nach unten auf dem Boden. Sie schien bewusstlos zu sein. Rudolf rüttelte an ihr. Schnell fühlte Martin ihren Puls. „Sie lebt!", sagte er erleichtert. „Rudolf, was ist geschehen?"

„Ich suchte Veronika, aber ich fand keinen Hinweis, da wollte ich gerade zu dir nach oben kommen, als ich im Treppenhaus hörte, wie eine Frauenstimme aus dem Kellergeschoss um Hilfe rief. Schnell lief ich nach unten. Der Flur war dunkel. Ich tastete nach dem Lichtschalter und als das Licht anging, sah ich, wie

Veronika auf dem Boden lag. Sofort schrie ich um Hilfe."

„Hast du jemanden gesehen?"

„Nein, leider nicht."

„Ok, danke dir, Rudolf." Er überlegte: „Wahrscheinlich hat es keinen Sinn jetzt noch nach dem Täter zu schauen. Er wird längst nicht mehr hier unten sein." Vorsichtig drehte Martin Veronika um. Er tätschelte ihre Wange: „Veronika, bitte Veronika, komm zu dir!" Veronika rührte sich nicht. Martin sah flehend in Rudolfs Augen.

„Soll ich den Notarzt rufen?", fragte Rudolf.

„Ja, bitte, schnell. Ich werde sie solange in die stabile Seitenlage legen."

Rudolf lief schnell los. Als Martin alleine mit Veronika war, hörte er ein leises Seufzen. Veronika erwachte.

„Veronika, ich bin so froh, dass du lebst!" Er nahm sie in den Arm.

„Mein Kopf", Veronika stöhnte und versuchte sich aufrecht hinzusetzen.

„Bitte, streng dich nicht an. Bleib liegen, das ist besser für dich."

Doch Veronika hörte nicht auf ihn und setzte sich aufrecht hin. Sie fühlte ihren Hinterkopf und stöhnte abermals. „Mir tut mein Kopf so weh."

„Lass mich mal schauen." Martin strich ihr vorsichtig über den Hinterkopf. „Oh weh, du hast eine große Beule am Hinterkopf. Jemand hat dich niedergeschlagen. Ist dir schwindelig?"

„Nein, ich habe nur starke Kopfschmerzen."

„Rudolf verständigt gerade einen Arzt, er soll sich deinen Kopf anschauen." Nach einer kurzen Pause fragte er: „Kannst du dich an etwas erinnern?"

Veronika überlegte. Langsam begann sie: „Ich wurde eingeschlossen in dem Umkleidezimmer. Eine Nachricht konnte ich dir nicht schicken, weil mein Handy gestohlen wurde."

„Hast du denn etwas Wichtiges herausgefunden heute bei der Arbeit?"

„Ja, ich habe in Rogers Büro einen Umschlag mit dreitausend Euro gefunden. Er ist In meiner Tasche." Sie zeigte in das Umkleidezimmer. Martin stand auf und holte ihre Tasche. Tatsächlich fand er dort den besagten Umschlag. „Du hast einen wichtigen Beweis gefunden, Veronika. Wahrscheinlich wurdest du deswegen niedergeschlagen." Martin dachte nach. „Kannst du dich erinnern, was geschah, bevor du niedergeschlagen wurdest?"

Veronika überlegte: „Ich schrie laut um Hilfe. Immer wieder. Ich weiß nicht mehr wie lange. Ich dachte, irgendwann würde mich jemand hören. Dann plötzlich hörte ich, wie sich der Schlüssel im Schloss umdrehte. Ich wich zurück, denn ich erwartete, dass jemand eintrat. Doch die Tür blieb zu. Vorsichtig öffnete ich dann die Tür. Der Flur war dunkel. Ich konnte niemanden erkennen. Dann schlich ich hinaus, um einen Lichtschalter zu suchen. Ich hörte Schritte hinter mir." Dann brach sie ab. „An mehr kann ich mich nicht erinnern."

„Weißt du, wann das geschah?"

„Nein, ich kann mich nicht erinnern. Mir scheint es so, als ob ich eine ganze Weile bewusstlos war. Aber mit Bestimmtheit kann ich das nicht sagen."

„Ok, das soll erst einmal genügen. Ruh dich aus. Gleich muss der Arzt hier sein."

Es vergingen etwa zwanzig Minuten, bis Rudolf mit dem Notarzt eintraf. Dieser untersuchte Veronika genau. Nachdem es Veronika nicht übel oder schwindelig war, schloss der Arzt eine Gehirnerschütterung aus. Veronika durfte nach eigenem Wunsch hin mit Martin nach Hause gehen. Rudolf begleitete die beiden zum Auto.

„Ich danke dir, Rudolf, für deine schnelle Hilfe. Ohne dich hätte ich mich nie getraut in das Hotel zu gehen."

„Das habe ich gern gemacht. Ich danke euch beiden für euer Vertrauen. Und was geschieht jetzt?"

„Wir werden erst einmal nach Hause fahren und über die weiteren Schritte nachdenken. Veronika wird natürlich nicht mehr in das Hotel gehen, um zu arbeiten. Das ist jetzt viel zu gefährlich."

„Ja, das sehe ich auch so", befand Rudolf.

„Ich denke, es wird Zeit, etwas zu unternehmen."

„Wenn ihr meine Hilfe braucht. Ich bin für euch da."

Martin reichte Rudolf die Hand: „Das weiß ich und ich bin sehr froh darüber."

Die drei verabschiedeten sich und stiegen in ihre Autos.

13

Martin zog sich in den Schlossgarten zurück. Immer, wenn er die Ruhe genießen oder sich über etwas im Klaren werden wollte, kam er hier her. Er lief auf der Promenade entlang in Richtung Schloss. Er wollte über die Vorfälle der letzten Wochen nachdenken. Gestern

Abend war etwas Wichtiges geschehen, das alles änderte. Die Fakten mussten nun neu geordnet werden. Es wurden zwei Morde verübt und Veronika niedergeschlagen. Irgendwie mussten alle Verbrechen etwas miteinander zu tun haben, befand Martin. Er überlegte, was alle gemeinsam hatten. Alle hatten direkt oder indirekt etwas mit dem Hotel zu tun. Michael und Regina arbeiteten dort und Veronika wurde dort niedergeschlagen, weil sie etwas entdeckt hatte. Irgendetwas in dem Hotel stimmte nicht. Martin ließ sich auf einer Bank nieder. Aber es passt einfach nicht zusammen. Ihm fehlten die Beweise. Warum wurde Veronika gestern niedergeschlagen? Diese Frage beschäftigte ihn am meisten. Er starrte vor sich hin. Roger musste sie dabei beobachtet haben, als sie den Briefumschlag an sich nahm. Das wäre ein klares und nachvollziehbares Motiv. Ja, das war die einzig mögliche Erklärung. So musste es gewesen sein.

Martin überlegte sich, was die Polizei bis jetzt herausgebracht hatte. Kommissar Wischnewski hatte Oliver verhaften lassen. Offensichtlich war er für ihn der Täter. Das lag auch nahe, denn Oliver kannte Michael und Regina und er hatte ein vages Motiv, Michael umzubringen. Er besaß die Möglichkeit, an die Drogen zu gelangen. Das machte ihn noch mehr verdächtig. Über ein Motiv bezüglich Regina wusste er nichts zu sagen. Martins Stirn legte sich in Falten. Den Anschlag auf Veronika konnte er aber nicht verübt haben. Sollte es sich um zwei Verbrecher handeln? Oder gar um einen Trittbrettfahrer? Das würde die Sache noch mehr verkomplizieren. Jemand, der aus eigenen Beweggründen den zweiten Mord oder den Anschlag verübt hätte und hoffen würde, dass er ungestraft davon käme?

Martin schüttelte den Kopf.

Er hatte das Gefühl, dass er noch nicht alle Hinweise bedacht hatte. Er überlegte, welche Tatsachen ihm noch bekannt waren. Plötzlich kam ihm Madelaine in den Sinn. Sie, dachte er, spielte auch eine Rolle. Sie war schwanger. Aber von wem war sie schwanger? Wieso tauchte ausgerechnet sie an der Beerdigung von Michael auf und sonst niemand aus dem Hotel? Er seufzte. Dann hob er den Kopf und blickte nach oben. Ihm kam ein bestimmter Gedanke. Seine Augen weiteten sich. Ja, so könnte es auch gewesen sein.

Er stand auf und lief weiter um das Schloss herum. Er war mit all seinen Schlussfolgerungen noch nicht zufrieden. Eine davon musste die Richtige sein, aber welche? „Ich habe den Schlüssel noch nicht gefunden", sagte er vor sich hin. „Ich muss mir die richtige Frage stellen. Aus welchem Blickwinkel habe ich die Geschehnisse noch nicht betrachtet?" Dann blieb er stehen. Er fragte sich: „Wem nützen die Morde etwas?

Wer hatte einen Vorteil dadurch, dass Michael und Regina starben?" Er holte aus seiner Tasche einen Zettel und einen Stift und notierte folgende Namen: Roger – Madelaine – Oliver. Nach einer Pause fügte er noch den Namen `Enes´ hinzu. Langsam sammelte er Stichworte, die für sein Dafürhalten ausschlaggebend für die Verbrechen waren: Leiden – Täuschung – Tod – Geld – Folge – Zufall.

Lange schaute er auf seinen Zettel und nickte ab und an. Immer wieder tippte er auf die einzelnen Worte und flüsterte etwas vor sich hin. Dann setzte er die Begriffe in eine andere Reihenfolge. Abschließend umkreiste er die beiden Wörter: `Tod´ und `Folge´. Er lächelte leicht und starrte vor sich hin. „Jetzt weiß ich, wer die Morde verübt hat", sagte Martin. „Dass ich da nicht schon früher drauf gekommen bin. Blind muss ich gewesen sein." Schnell stand er auf und lief nach Hause. Zu Hause bat er Veronika um die Visitenkarte von Kommissar Wischnewski. Dann tätigte er ein Telefongespräch.

Zwei Stunden später standen Martin und Veronika vor dem Hotel.

„Warum sagst du mir nicht, weshalb wir hier sind?" Ich will das Hotel nicht mehr betreten, nachdem, was geschehen ist."

„Bitte Veronika, vertrau mir. Du wirst es begreifen. Später wird alles geklärt werden."

„Bitte sprich nicht in Rätsel mit mir." Veronika war verärgert. Doch Martin ließ sich nichts anmerken. Ruhig stand er neben ihr.

Etwa fünf Minuten später kamen zwei Polizeiautos auf den Parkplatz gefahren. Kommissar Wischnewski, Oliver und zwei Streifenpolizisten stiegen aus.

Martin und Kommissar Wischnewski begrüßten sich. Allen voran gingen sie gemeinsam in das Hotel. An der Rezeption stand Roger mit Madelaine, die heftig miteinander stritten. Als sie die Gruppe eintreten sahen, verstummte ihr Gespräch. Roger sah Veronika direkt in die Augen, was ihr sehr unangenehm war. „Frau Schönlein? Sehr angenehm."

„Guten Abend, Herr Hufer." Der Kommissar begrüßte Roger. „Ich möchte sie zu einer kleinen Unterredung einladen. Sie und ihre Kollegen Frau und Herrn Abrar."

Madelaine und Roger sahen sich ungläubig an. „Worum geht es?", wollte Roger wissen.

„Das werden wir Ihnen später mitteilen. Also, wo können wir uns unterhalten?"

Roger sagte daraufhin nichts. Er forderte die Gruppe stumm auf, mit ihm in einen der hinteren Räume zu gehen.

Nach einem kurzen Zögern sagte Madelaine: „Ich werde meinem Mann Bescheid geben."

Die Gruppe ging in einen der Konferenzräume. Alle, außer Martin und Kommissar Wischnewski, setzten sich.

„Warten wir, bis wir vollzählig sind", sagte der Kommissar.

Niemand sprach ein Wort. Im Raum war es totenstill. Dann öffnete sich die Tür und Enes und Madelaine traten ein.

„Ich möchte gemeinsam mit Ihnen über die Verbrechen sprechen, die sich hier im Hotel abspielen", begann der Kommissar. „Hierfür erteile ich Herrn Fennberg das Wort."

Der Kommissar setzte sich und überließ Martin das Terrain. Alle blickten erstaunt auf ihn.

„Ich möchte mich zunächst bei Ihnen allen vorstellen. Ich war einmal, das ist schon einige Wochen her, als potentieller Gast bei Ihnen eingeladen, weil ich bei einer Verlosung gewonnen hatte. Es war der Tag, als Michael Hainsberger bei einer Geschäftsfahrt ums Leben kam. Sie erinnern sich bestimmt. Dieser Todesfall begründete mein reges Interesse an Ihrem Hotel. Meine Partnerin Veronika Schönlein kennen Sie bereits. Sie hat hier auf meinen Wunsch hin eine Stelle angenommen, um ein bisschen hinter die Fassade ihres Hotels blicken zu können. Und das tat sie auch. Doch beginnen wir am Anfang." Er machte eine kurze Pause und seine Blicke schweiften von einem zum anderen. „An dem Tag, als ich das erste Mal das Hotel betrat, hatte ich gleich ein ungutes Gefühl. Das muss ich so deutlich sagen. Ich fühlte mich überrumpelt von der distanzlosen Art, wie hier mit den Besuchern gesprochen wurde. Ich bin sehr froh darüber, dass ich keinen Vertrag unterschrieben und mich nicht zu Dingen verpflichtet habe, die ich später bereuen würde. Ich dachte sofort, dass hier etwas nicht mit rechten Dingen zugehen würde."

Roger und Enes sahen sich an. Dann wandte Roger ein: „Herr Kommissar, was soll das? Dieser Mann spricht von seinen subjektiven Eindrücken. Das entspricht nicht den Tatsachen. Müssen wir uns das von ihm sagen lassen?"

„Ich bitte Sie, behalten Sie Ruhe und lassen Sie Herrn Fennberg weiter sprechen."

„Unsere Gäste sind alle sehr zufrieden hier. Fragen Sie sie doch! Derart bösartige Beschuldigungen brauche ich mir nicht anzuhören." Roger war im Begriff zu gehen. Da hielt ihn ein Polizeibeamter auf und wies ihn an seinen Platz zurück.

„Wollen sie bestreiten, dass man sofort die Privatsphäre bricht, in dem jeder gleich geduzt wird? Mir jedenfalls ist es so ergangen. Und wollen Sie bestreiten, dass Ihre Besucher nicht ganz freiwillig hierher kommen? Ich wurde von einem Paar angesprochen und überredet hierher zu kommen mit dem Versprechen, einen Preis zu erhalten. Und als ich da war, wollte man allerhand persönliche Dinge von mir erfahren. Meinen Namen, Beruf oder soll ich besser sagen: mein Einkommen und wie viel Geld ich für meinen Urlaub im Schnitt ausgebe. Alles Dinge, die Sie nichts angehen und die ein seriöses Hotel normalerweise nicht von seinen Gästen erfragt."

Roger war erbost: „Wir sind ein seriöses Hotel und wir wollen hier schließlich Gäste haben, die in unser Konzept hineinpassen und gerne bei uns sind. Man muss diese Angaben nicht machen, wenn man nicht will."

„Das ist richtig, aber dann wird man schlecht behandelt und man fällt raus aus dem Raster. Ich wurde augenblicklich gebeten zu gehen, nachdem ich diese Informationen verweigert hatte. Ganz verärgert war man über mich."

Roger schüttelte den Kopf. Stockend sagte er: „Das, das ist nicht unsere Firmenphilosophie, die Sie beschreiben. Ihre Erfahrung muss ein Einzelfall sein."

„Wie dem auch sei." Martin hob die Hände. „Herr Hufer, das ist nicht mein Hauptanliegen heute Abend. Möglicherweise wird sich die Polizei mit ihren Vorgehensweisen näher beschäftigen." Kommissar Wischnewski nickte mit dem Kopf. „Mich interessiert etwas ganz anderes: Michael Hainsberger, ein Fahrer von Ihnen, wurde umgebracht. Lassen Sie uns lieber darüber sprechen."

Roger rutschte auf seinem Stuhl unruhig hin und her. „Das tut uns allen sehr leid."

Martin lächelte ihn an.

„Aber was haben wir damit zu tun?"

„Lassen Sie uns gemeinsam nachdenken: Michael Hainsberger fühlte sich nicht wohl in dem Hotel. Er wurde gemobbt und von einigen Mitarbeitern schlecht behandelt."

„Wollen Sie damit andeuten, dass jemand aus dem Hotel für seinen Tod verantwortlich war?" Roger war bestürzt.

„Das ist schon möglich." Martin schaute in die entsetzten Gesichter. „Dann ist noch ein zweiter Mord geschehen. Regina Bedru, eine Putzfrau aus Ihrem

Hotel, hatte einen Autounfall. Ihr Vorderrad war manipuliert. Der Verdacht erhärtete sich schlagartig, dass beide Morde zusammenhängen mussten. Und beide Morde hatten etwas mit dem Hotel zu tun."

Roger wehrte mit einer ablehnenden Geste ab. „Das kann nicht sein, Sie müssen sich irren."

Doch Martin gab nicht nach: „Und noch etwas ist geschehen. Veronika Schönlein", er zeigte auf Veronika, „wurde hier gestern Abend eingeschlossen und niedergeschlagen."

Roger starrte auf Veronika und schüttelte den Kopf. „Sagt doch auch einmal etwas, Enes und Madelaine!"

Doch beide blieben stumm und hatten weit aufgerissene Augen.

„Warum?" Martin schaute in die Runde. „Warum geschahen also diese Verbrechen? Vielleicht weil alle drei etwas wussten, was sie nicht hätten wissen sollen? Schauen wir uns den Anschlag gestern Abend einmal genauer an: Veronika hatte Dienst und stieß während ihrer Schicht auf etwas ganz Erstaunliches. Sie entdeckte einen dicken Briefumschlag und neugierig, wie Frau Schönlein nun einmal ist, blickte sie hinein. Und was sah sie darin? Bitte, ich kann Ihnen den Umschlag zeigen. Sehen sie selbst." Er öffnete vor den Augen aller einen Briefumschlag und nahm sechs

Fünfhundert-Euro-Scheine heraus. Roger senkte den Blick. „Sie sehen selbst, es ist eine große Summe. Und für wen war das Geld bestimmt? Für den Mitarbeiter Karl, wie sie hier unschwer lesen können. Ich nehme an, das ist der Verkäufer, der auch mich beraten hatte." Er machte eine kurze Pause. „Ein Mitarbeiter bekam also Geld. Dreitausend Euro. Herr Hufer, können Sie uns sagen, wofür dieser Mitarbeiter so viel Geld bekam?"

Roger schwieg.

„Ich habe Ihnen eine Frage gestellt? Nun, ich kann die Frage auch für Sie beantworten: Er bekam das Geld unter der Hand als Provision für einen erfolgreichen Verkauf. Frau Schönlein beobachtete unterdies solch einen Vorgang und kann dies auch bezeugen. Schwarzgeld nennt man das. Ich nehme nicht an, dass dieses Geld auf irgendeiner Steuererklärung erscheint. Und wenn wir einmal annehmen, dass dieser Karl für jeden abgeschlossenen Vertrag eine vergleichbar hohe Summe erhält, dann kann man sich ausmalen, wie viel Geld schwarz den Besitzer wechselte. Das ist illegal und strafbar. Herr Hufer."

„Sie können mir nichts beweisen, das sind nur Vermutungen."

„Ich denke, dass der Umschlag als solches und die Aussage von Frau Schönlein genug Beweise dafür sind, dass ich Recht habe. Die Polizei wird ein reges Interesse haben, Ihre Bücher zu prüfen. Sehe ich das richtig, Herr Wischnewski?"

„Ja, das ist richtig, Herr Fennberg", bestätigte der Kommissar.

„Dann hat er mich niedergeschlagen und den armen Michael und Regina getötet?", mischte sich jetzt Veronika ein.

„Nein, Veronika." Veronika schaute Martin irritiert an. Auch der Kommissar blickte erstaunt. Martin fuhr mit seinen Ausführungen fort: „Herr Hufer hat dich beobachtet, ja, und er hat dich auch eingeschlossen. Nicht wahr, Herr Hufer?"

Roger kniff die Augen zusammen.

„Ich nehme an, er schloss dich ein, um dir einen Denkzettel zu verpassen. Du warst ihm zu neugierig und du wurdest ihm zu gefährlich. Am nächsten Morgen wollte er dich zur Rede stellen."

„Ich habe sie nicht niedergeschlagen!", rief Roger hastig.

„Sehr richtig", Martin lächelte. „Herr Hufer ist ein Krimineller, aber kein Mörder."

„Das verstehe ich nicht", sagte Veronika.

„Angenommen Herr Hufer hätte dich dabei beobachtet, wie du den Umschlag an dich genommen hast. Dann hätte er dich nur deshalb niedergeschlagen, weil er den Umschlag wieder haben wollte, um so den einzigen Beweis verschwinden zu lassen, den es gab. Das tat er aber nicht. Der Umschlag war nach wie vor in deiner Tasche." Er lächelte breit. „Das beweist, dass er nicht der war, der dich niedergeschlagen hat. Und wenn er dich nicht niedergeschlagen hat, dann war er wahrscheinlich auch nicht der Mörder von Michael und Regina."

„Ja, aber…Regina hat er doch getötet. Ich habe ihn an dem Abend auf dem Parkplatz gesehen!"

„Das ist richtig. Aber ich schätze, dass Herr Hufer seine Geschäfte nicht mehr im Hotel, sondern außerhalb tätigte. Ich denke, er und dieser Karl hatten sich an dem Abend auf dem Parkplatz getroffen, um einen weiteren Briefumschlag zu wechseln. War es so, Herr Hufer?"

„Dich soll doch der Teufel holen!" Er vergrub sein Gesicht in seine Hände.

Veronika schaute in die Runde. Langsam sagte sie „Wenn es nicht Roger war, wer war es denn dann?"

Alle sahen sich gegenseitig an. Martin lächelte und ging zu Madelaine. „Frau Abrar, wie fühlen Sie sich heute?"

Madelaine wagte es nicht ihn anzuschauen. Vertraulich flüsterte er: „Verraten Sie mir, in welchem Monat sie schwanger sind?"

Madelaine senkte den Blick. Enes blickte entgeistert auf Martin. Dann fasste er sie am Arm. „Ist das wahr?", fragte er. „Madelaine, ist das wahr? Du bist schwanger?"

Madelaine nickte mit dem Kopf, wagte es aber nicht, Enes anzuschauen. Enes atmete tief durch. Ein Strahlen erhellte sein Gesicht. Sein Körper bebte.

„Vielen Dank, Herr Abrar. Sie reagieren so, wie ich es mir vorstellte."

Fassungslos blickten alle Martin an. Dieser fragte Enes: „Sie wussten es nicht?"

Enes antwortete: „Nein, ich wusste von nichts. Wieso hast du mir nicht davon erzählt?"

Madelaine blickte Martin flehend an. Dieser sprach jedoch unbeirrt weiter: „Frau Abrar, hat Sie der Verlust von Michael Hainsberger sehr geschmerzt?"

Madelaine fing zu weinen an.

Enes schaute fassungslos zu Martin: „Was soll das denn bedeuten?"

„Madelaine und Michael hatten eine heimliche Liebesbeziehung. Das Kind, das sie erwartet, ist von Michael."

Es wurde totenstill. Veronika hielt den Atem an.

„Aber Madelaine, das kann nicht wahr sein! Wie kannst du mir so etwas antun? Madelaine, sag, dass es nicht wahr ist, was der Mann sagt! Madelaine!" Er packte Madelaine am Arm und schüttelte sie. Wieder und wieder schrie er ihren Namen. Ein Polizist griff ein, um Schlimmeres zu verhindern. Schließlich sackte er weinend in sich zusammen.

„Wie haben Sie es herausgefunden?", fragte Madelaine leise.

„Sie waren auf seiner Beerdigung und weinten bitterlich. Und dass sie schwanger waren, das konnte man leicht erraten. Dass die Krämpfe und der Schwindel nicht von der Aufregung wegen dem Besuch von Svenson herrührten, war klar."

Madelaine nickte. „Es tat mir unendlich weh, von Michael Abschied nehmen zu müssen. Ich wollte das Kind zuerst abtreiben, wegen Enes, aber dann entschied ich mich, es doch zu behalten."

„Wie konntest du mir das antun", hauchte Enes.

„Ich liebe dich nicht mehr, Enes. Ich kann deine dominante Art nicht mehr ertragen. Das Geschäft hat dich so verändert."

Herr Wischnewski fragte vorsichtig: „Dann ist Enes der Mörder von Michael? Hat er ihn umgebracht? Aus Eifersucht?"

„Aber nein." Martin winkte ab. „Enes wusste ja nichts von deren Beziehung. Das einzige, was man ihm vorwerfen kann, ist der raue Umgang mit seinen Kollegen. Veronika wurde Zeuge eines Teamgespräches. Er behandelt seine Mitarbeiter wie Menschen zweiter Klasse. Er arbeitet mit psychischem Druck und Belohnung. Das grenzt schon an seelischer Körperverletzung."

Enes blickte auf, sagte aber nichts.

Wieder schaute sich Veronika um. Ihre Augen sahen in die Olivers, wie er stumm da saß und keine Regung zeigte. Sie mochte ihn. Bitte, lass es nicht Oliver sein, dachte sie.

„Nun, sagen Sie Herr Fennberg, wer ist es denn nun?", wollte Kommissar Wischnewski wissen. „Bleibt nur noch dieser Oliver, den wir ebenfalls auf dem Plan hatten."

„Das ist richtig. Der arme Oliver." Martin schaute ihn mitleidig an. „Der arme Oliver sollte für den echten Mörder seinen Kopf hinhalten."

Oliver hob den Kopf und sah Martin in die Augen.

„Der Mörder wusste, dass Oliver Michael nicht leiden konnte. Der Mörder wusste auch, dass Oliver in seiner Freizeit gerne in Clubs ging. Die Wahl des Giftes fiel leicht: Liquid Ecstasy. Es wurde so geschickt eingefädelt, dass die Polizei nur auf Oliver kommen konnte. Und wie wir alle wissen, wurde Oliver verhaftet."

„Dann ist der Mörder nicht in dieser Runde zu finden?", fragte Kommissar Wischnewski. „Verstehe ich das richtig?"

„Nein, der Mörder ist nicht in dieser Runde zu finden. Um den Mörder zu treffen, werden wir woanders hinfahren müssen." Martin nickte der Gesellschaft zu. „Haben sie vielen Dank für Ihre Aufmerksamkeit."

Roger schaute bestürzt: „Und was sollte das ganze Gerede von dir jetzt bedeuten? Weshalb haben wir uns den Mist überhaupt anhören müssen?"

„Herr Hufer", sprach Kommissar Wischnewski scharf, „mäßigen Sie Ihren Ton! Es hatte alles seine Berechtigung. Dank Herrn Fennberg wurden Ihre

Machenschaften aufgedeckt. Wir werden alles penibel überprüfen und wenn es wirklich wahr ist, dann werden Sie und Ihre Kollegen Ihren Kopf dafür hinhalten müssen."

Rogers Augen glühten. Zornig verließ er den Raum. Ein Polizist folgte ihm sogleich. Enes war nicht wieder zu erkennen. Er war sichtlich gezeichnet von dem, was Martin über Madelaine gesagt hatte. Langsam ging auch er, ohne sich nach Madelaine umzudrehen. Diese kam ganz nah an Martin heran und flüsterte: „Ich danke Ihnen. Durch Sie ist die große Last von meinen Schultern abgefallen. Enes weiß nun Bescheid. Jetzt kann ich mit nach vorne schauen und das Gewesene hinter mir lassen."

Martin nahm ihre Hand: „Ich wünsche Ihnen viel Glück."

„Nochmals, haben Sie Dank."

Nachdem Madelaine auch gegangen war, blieben die Polizisten, Martin, Veronika und Oliver zurück. „Ich sollte also als Mörder vor Gericht gestellt werden", meinte Oliver bitter.

Martin nickte: „Ja, so war der Plan."

„Dann bleibt mir nur, Ihnen zu danken, dass dies nicht so gekommen ist. Veronika hat Glück, so einen klugen

Partner wie Sie zu haben." Er seufzte. „Regina fehlt mir. Vielleicht hätte etwas Ernsthaftes daraus werden können. Sie war ein tolles Mädchen. Es hätte nicht geschehen dürfen."

„Nein, es hätte nicht geschehen dürfen." Oliver und Martin schüttelten sich zur Verabschiedung die Hände.

Als auch Oliver gegangen war, meinte Veronika langsam: „Es könnte auch Karl gewesen sein, der Verkäufer mit dem makellosen Aussehen. Ich hatte gleich ein ungutes Gefühl, als ich ihn zum ersten Mal sah."

Martin meinte darauf hin: „Möglich." Dann winkte er den anderen zu: „Kommen Sie, ich fahre voran."

Die Gruppe verließ das Hotel und stieg in ihre Autos. Nach einer zwanzigminütigen Fahrt parkten sie ihre Autos vor einem großen Haus. Martin klingelte. Nach einigen Minuten öffnete eine junge Krankenschwester das Haus. „Ja bitte?", fragte sie.

„Wir möchten gerne mit Frau Hainsberger sprechen", sagte Martin. „Ist sie zu Hause?"

Die Schwester ging einen Schritt hinaus und lehnte die Tür an. Leise sprach sie: „Ich weiß nicht, ob ich Sie hereinlassen kann. Ihr geht es heute sehr schlecht. Worum geht es denn?"

„Es geht um den Tod ihres Sohnes Michael."

„Oh, ich verstehe. Versprechen Sie mir aber bitte, dass Sie sie nicht zu sehr aufregen werden."

„Aber gewiss doch." Martin lächelte sie an.

Die Gruppe trat ein. Von der Schwester geführt, gingen alle in das große Wohnzimmer, wo ein Krankenbett aufgestellt war, in dem Frau Hainsberger lag. Sie sah abgemagert aus, hatte eine fahle Haut und schwarze, eingefallene Augen. Als sie Martin sah, begann sie leicht zu lächeln.

„Herr Fennberg", sagte sie mit schwacher Stimme, „wie schön, dass sie da sind."

Er setzte sich zu ihr ans Bett: „Ich sehe, Sie haben eine Schwester eingestellt?"

„Rudolf hat sie besorgt. Er ist so ein guter Junge."

Martin lächelte.

„Frau Hainsberger, Sie hatten den Wunsch, wissen zu wollen, wer Ihren Sohn umgebracht hat." Eindringlich fragte er: „Wollen Sie es immer noch wissen?"

Frau Hainsberger nickte leicht. Sie sah ihn mit offenen Augen an.

„Gut." Martin machte eine Pause. Dann fragte er: „Frau Hainsberger, Sie haben ein schönes Haus. Groß ist es mit einem schönen Garten."

„Oh ja, das Haus." Sie seufzte. „Es ist viel zu groß für mich alleine."

„Sagen Sie mir, haben Sie ein Testament gemacht und darüber verfügt, wer das Haus und den Grund einmal erben wird?"

Sie schüttelte den Kopf. „Nein, ein Testament habe ich nicht gemacht, ich hatte ja nur einen Nachkommen, der alles hätte erben können."

Martin fuhr fort: „Dann gilt also die übliche Erbfolge. Die Frage ist: Wer wird einmal dieses Haus erben, wenn Sie einmal nicht mehr sind?"

„Mein Sohn Michael war der Haupterbe. Da er vor mir ging, ist der nächste Verwandte mein Neffe Rudolf. Er wird alles erben."

Martin blickte in die Runde. „Gibt es außer dem Haus und dem Grund noch andere Wertgegenstände oder Geld, was zu vererben ist?"

Frau Hainsberger verstummte. Mit wässrigen Augen der Erkenntnis starrte sie Martin an. Dieser nickte sanft und stand auf.

Veronika öffnete langsam den Mund. „Du meinst, Rudolf? Er ist es gewesen?"

„Ja, Rudolf ist es gewesen."

„Aber wieso?"

„Aus reiner Verzweiflung. Schaut: Rudolf hatte ein großes Problem. Er spielte gerne. Erinnere dich, Veronika, er bekam einen Glanz in den Augen, wenn er um Geld spielte. Es musste immer um Geld gehen. Und als wir mit ihm spielten, sagte er beiläufig: `Eine Weile lang bin ich...´. Dann brach er ab und führte den Satz nicht zu Ende. Als Frau Hainsberger erzählte, dass er immer öfter verschwunden war, anfangs stundenweise, später ganze Abende, da zählte ich eins und eins zusammen und überlegte, dass er vielleicht regelmäßig in eine Spielbank ging. Nach Bad Homburg vielleicht? Oder nach Baden-Baden. Vermutlich hat es Carla, seine Frau, herausbekommen, dass er spielte. Tatsache ist, dass es immer häufiger Streitigkeiten gab und sie ihn schließlich verließ. Ich vermute, dass sie ihn auch wegen seiner Spielsucht verlassen hatte. Er ließ sich gehen und verlor daraufhin seinen Arbeitsplatz. Überlegt, wie sich Rudolf gefühlt haben musste. Seine Frau hatte ihn verlassen, seine Stelle hatte er verloren und womöglich hatte er große Schulden bei der Spielbank. Da bekam seine Tante die Diagnose Krebs. Vielleicht würde sie noch lange mit dem Krebs leben können, vielleicht würde sie aber eines Tages den Kampf gegen den Krebs verlieren." Er strich Frau Hainsberger über die Hand. Diese weinte still in sich hinein. „Michael würde das Haus und das Vermögen erben. Da schmiedete Rudolf den Plan, Michael umzubringen. Dies musste aber geschehen, noch bevor seine Tante starb. Dann würde er in der Erbfolge der nächste sein und alles erben. Seine Schulden könnte er mit einem Mal begleichen. Er machte sich an die Arbeit und versuchte so viel wie möglich über Michaels Leben herauszubekommen. Schnell war klar, wer für ihn den Kopf hinhalten sollte. Er wählte die Droge Liquid Ecstasy aus. Es war leicht für ihn solches in den Clubs ausfindig zu machen. Michael hatte die Angewohnheit während seiner Arbeit Baldrian zu nehmen, wenn er aufgeregt war. Er hatte die Weichkapseln in einer silbernen Dose. Alles, was Rudolf zu tun hatte, war, eine mit der Droge zu präparieren. Bei einem Besuch mischte er die vergiftete Kapsel unter. Es war somit nur eine Frage der Zeit, bis Michael die vergiftete Kapsel schluckte und an der Überdosis starb."

„Das klingt schrecklich. Und wir haben ihn in unser Vorhaben, den Täter zu finden, eingeweiht. Wir haben mit ihm gemeinsam überlegt, welche Schritte wir als nächstes tun wollten!"

„Das war für ihn sehr hilfreich. Er wusste genau, über was wir uns Gedanken machten. Er war uns immer einen Schritt voraus. Überlege genau, wie geschickt er uns in Richtung Hotel manipulierte. Immer wieder ließ er einfließen, dass Michael gemobbt wurde, dass es jemanden gab, der ihn nicht leiden konnte. Oder dass es ihm im Hotel immer schlechter ging, je länger er dort gearbeitet hatte. Alles lief nach Plan.

„Aber wieso musste dann Regina sterben. Hatte sie denn etwas herausbekommen?", wollte Veronika wissen.

„Nein, ich denke nicht. Sie war vollkommen unwissend. Aber um die Polizei und uns noch sicherer in Richtung Hotel zu lenken, überlegte er, Regina verunglücken zu lassen. Er dachte an einen kleinen Unfall mit einem manipulierten Auto. Eine Kleinigkeit und schon wäre für alle Beteiligten klar, dass der Mörder im Hotel zu finden war. Dass der Unfall so tragisch ausging und Regina starb, war von ihm nicht geplant. Das wollte er sicher nicht. Es war ein unglücklicher Zufall."

„Ein Zufall", wiederholte Veronika bitter.

„Ja. Er kostete ein Menschenleben. Den Anschlag im Hotel an dich, Veronika, hat er wohl im Affekt verübt, ohne lange zu überlegen. Er hörte dich um Hilfe rufen und ergriff die Chance, weiter die Spur ins Hotel zu führen. Er schlug dich im dunklen Gang von hinten nieder. Anschließend beugte er sich über dich und schrie selbst um Hilfe. Ich wäre fast nicht darauf gekommen." Er lächelte und schüttelte dabei den Kopf. „Wenn der Umschlag mit dem Geld gefehlt hätte, dann hätte ich eindeutig Roger verdächtigt und niemals an Rudolf gedacht. Der Briefumschlag, diese Kleinigkeit, brachte mich ins Wanken. Ich zwang mich wieder neu über die Geschehnisse nachzudenken und kam schließlich so zur Erkenntnis."

Martin schaute auf Frau Hainsberger, die stumm in ihrem Bett lag. „Es tut mir sehr leid. Nun wissen Sie, wer Ihren Sohn umgebracht hat."

Sie nickte und sagte: „Ich danke Ihnen." Mehr bekam sie nicht über ihre Lippen.

Da hörten alle ein Geräusch. Die Haustüre öffnete sich: „Tante Edelgard", hörte man Rudolfs Stimme, „ich habe den Tee für dich bekommen. Lindenblütentee, so wie du ihn wolltest." Dann betrat er das Wohnzimmer. Als er die Gruppe um das Bett seiner Tante herumstehen sah, wusste er sofort, was die Stunde geschlagen hatte. Er kniete sich vor das Bett und blickte in die traurigen Augen seiner Tante.

„Ich konnte nicht anders, liebe Tante. Ich hatte keine andere Wahl."

Martin fragte ihn: „Sag mir, Rudolf, gab es keinen anderen Ausweg aus der Schuldenfalle?"

Langsam schüttelte Rudolf den Kopf. „Es tut mir so leid."

Kommissar Wischnewski schaute Martin an. Dieser nickte. Daraufhin verhaftete er Rudolf unter dem dringenden Tatverdacht, zwei Morde begangen zu haben. Rudolf ließ sich ohne Gegenwehr abführen. Frau Hainsberger blickte verzweifelt ihrem Neffen nach, als er das Wohnzimmer verließ. Sie wusste nun nicht, wer sich um sie kümmern sollte.

„Wie vorausschauend, dass Rudolf eine Schwester engagierte", befand Martin.

Die Schwester kümmerte sich sogleich liebevoll um Frau Hainsberger und meinte, dass es wohl jetzt an der Zeit wäre, sie wieder alleine zu lassen.

Zu Hause saßen Martin und Veronika zusammen auf dem Sofa. Martin lächelte glücklich: „Ich bin sehr froh darüber, dass wir es geschafft haben, die beiden Morde aufzuklären."

„Ich alleine hätte nichts herausbekommen. Ich bin stolz auf dich, dass du alle Hinweise richtig zusammengesetzt hast."

Martin errötete etwas und zuckte mit dem Kopf. Dann wurde er still und starrte für einen Moment vor sich hin. „Der arme Rudolf."

„Arm?"

„Ja, ich nenne ihn arm, weil er hilflos und verzweifelt war. In so eine Lebenssituation könnten wir alle irgendwann einmal kommen. Denk daran. Jeder von uns könnte seine Arbeit oder seine Liebe verlieren oder sich hoch in Schulden stürzen. Wissentlich oder nichts ahnend. Es kommt nur darauf an, wie man damit umgeht. Rudolf sah keinen anderen Ausweg. Für ihn war das Morden die letzte Möglichkeit."

„So gesehen hast du Recht."

„Wollen wir versuchen, uns immer daran zu erinnern. Wenn unsere Liebe zu brechen droht, dann wollen wir daran arbeiten und uns gegenseitig achten. Wenn wir unsere Arbeit verlieren, dann wollen wir uns gegenseitig helfen und uns Mut machen. Wenn wir uns hoch verschulden, dann wollen wir gemeinsam einen Plan erarbeiten. Wollen wir versuchen, immer nach vorne zu schauen und das Beste aus einer schlimmen Situation zu machen?"

Veronika nickte beipflichtend. Sie legte ihren Kopf auf seinen Schoß und schloss die Augen. Martin strich ihr durch die Haare.

Ave Maria für eine Leiche

Der Fotograf Martin Fennberg möchte nach einer anstrengenden Hochzeit-Saison eine Woche Ruhe und Entspannung genießen und mietet sich in einem Retreat-Center in Dobel ein. Dort lernt er eine Gruppe interessanter Menschen kennen, die auf den ersten Blick gut zusammenpassen könnten. Doch dann, am zweiten Tag, geschieht ein Mord. Plötzlich werden alle der vermeintlich friedlichen Gruppe zu Verdächtigten. Niemand weiß nun mehr, wem er Glauben schenken und wem er vertrauen kann.

Stumme Gier

Der Fotograf Martin Fennberg kann es kaum glauben. Am Nachmittag betritt ein blasser, vor Schmerzen gebeugter Mann das Studio, in dem er arbeitet. Innerhalb weniger Momente stirbt der Unbekannte vor seinen Augen. Martin ist zunächst geschockt. Nachdem er sich wieder gefasst hat, untersucht er den Fremden und findet einen vielsagenden Zeitungsausschnitt in dessen Hosentasche. Er entschließt sich, auf eigene Faust etwas über diesen Fremden und dessen Schicksal heraus zu bekommen.

Dramatischer Tod

Martin und Veronika genießen einen anspruchsvollen und unterhaltsamen Premierenabend im Bruchsaler Amateurtheater *Die Muschel*. Anschließend werden beide von einem befreundeten Schauspieler zur Premierenfeier eingeladen. Ausgelassen wird die erfolgreiche Aufführung gefeiert. Doch dann, spät am Abend, wird der Hauptdarsteller erstochen aufgefunden.

Faules Ei

Martin und Veronika sitzen bei Pfarrer Rebler, um die letzten Einzelheiten ihrer Hochzeit zu besprechen, als sie vom Tod eines Mannes erfahren, der unter mysteriösen Umständen aus dem Fenster seiner Wohnung gefallen ist. Bei dessen Beerdigung am Morgen ist laut Pfarrer Reblers Schilderung nur eine Person anwesend gewesen, die um ihn trauerte, was Martin sehr ungewöhnlich und erschreckend findet. Seine Neugier ist geweckt. Er möchte mehr über diesen Menschen und dessen einsames Schicksal erfahren. Nachdem Martin eine rätselhafte Entdeckung macht, ist er sich sicher: Es muss Mord gewesen sein!